Clem Martini

Chroniques des corneilles

Le jugement

Des plumes et des os • Tome 3

Traduit de l'anglais
par Lori Saint-Martin et Paul Gagné

D1248213

Les éditions de la courte échelle inc.
5243, boul. Saint-Laurent
Montréal (Québec) H2T 1S4
www.courteechelle.com

Traduction :
Lori Saint-Martin et Paul Gagné

Révision :
Sophie Sainte-Marie

Infographie :
Pige communication

Dépôt légal, 1er trimestre 2008
Bibliothèque nationale du Québec

Édition originale : *The judgment*, Kids Can Press Ltd.

Publié avec l'autorisation de Kids Can Press Ltd., Toronto (Ontario), Canada

La courte échelle reconnaît l'aide financière du gouvernement du Canada par l'entremise du Programme d'aide au développement de l'industrie de l'édition pour ses activités d'édition. La courte échelle est aussi inscrite au programme de subvention globale du Conseil des Arts du Canada et elle a bénéficié des Subventions à la traduction du programme d'Aide à l'édition de livres.

La courte échelle reçoit l'appui du gouvernement du Québec par l'intermédiaire de la SODEC, et elle bénéficie du Programme de crédit d'impôt pour l'édition de livres — Gestion SODEC — du gouvernement du Québec.

Catalogage avant publication de Bibliothèque et Archives nationales du Québec et Bibliothèque et Archives Canada

Martini, Clem

    [Judgment. Français]

    Le jugement

    (Des plumes et des os ; t. 3)
    Traduction de : *The judgment*.
    Pour les jeunes de 12 ans et plus.

    ISBN 978-2-89651-038-2

    I. Saint-Martin, Lori. II. Gagné, Paul. III. Titre.
    IV. Titre : Judgment. Français. V. Collection : Martini, Clem.
    Feather and bone. Français ; t. 3.

PS8576.A793J8314 2008   jC813'.54   C2007-942134-2
PS9576.A793J8314 2008

Imprimé au Canada

Clem Martini

Clem Martini est un auteur aux multiples talents. Il écrit pour le théâtre, la télévision et le cinéma, des textes pour les jeunes et pour les adultes. Professeur d'art dramatique à l'Université de Calgary, il enseigne aussi bénévolement à des groupes de jeunes pour leur transmettre son amour du théâtre. Lauréat à trois reprises du Prix d'art dramatique de la Guilde des écrivains de l'Alberta, il a également été finaliste au prix du Gouverneur général du Canada. Clem Martini est né à Calgary, en Alberta, où il vit avec sa femme et ses deux filles. Avec sa trilogie *Des plumes et des os : Chroniques des corneilles*, il signe ses premiers romans. Ils ont été traduits en portugais, en allemand, en néerlandais et seront bientôt portés à l'écran.

Du même auteur, à la courte échelle

Des plumes et des os : Chroniques des corneilles
La tempête, tome 1
La peste, tome 2

**Consultez les fiches séries et les fiches d'accompagnement au
www.courteechelle.com**

Clem Martini

Chroniques des corneilles

Le jugement

Des plumes et des os · Tome 3

**Traduit de l'anglais
par Lori Saint-Martin et Paul Gagné**

la courte échelle

Pour Cheryl, Chandra et Miranda
— mille mercis et beaucoup d'amour

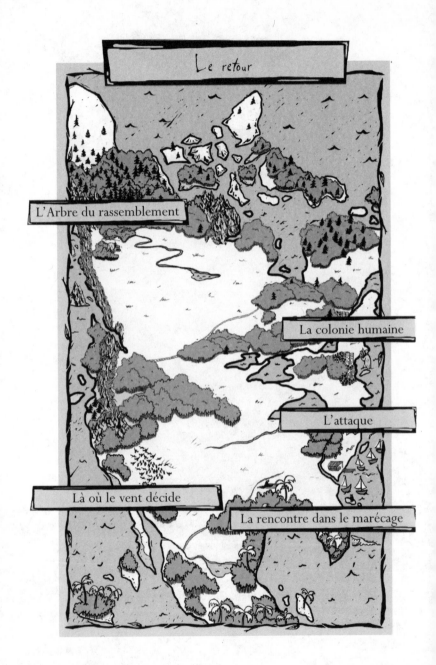

Première partie

Chapitre 1

Écoutez.

C'est le crépuscule, celui des temps immémoriaux, une période longue, calme et magique. Un souffle hésitant, suspendu entre le jour et la nuit. Sombre comme la mort, silencieux comme la neige qui tombe, le Hibou des temps immémoriaux traverse une forêt. Débute alors une interminable nuit de chasse.

Le Hibou balaie du regard l'épais enchevêtrement de branches et de broussailles, et pas un détail n'échappe à ses yeux orange. Une forme foncée s'élance d'une haute épinette. D'un mouvement à peine perceptible de ses ailes aux rayures grises et noires, le Hibou change de cap et se glisse entre les arbres.

La silhouette noire se détache et prend la forme de la Corneille suprême. Dans son bec, elle transporte quelques brindilles et, dans ses serres, une boulette d'herbe et de filaments de joncs. Le Hibou la suit de loin, sans se faire remarquer. La Corneille s'arrête enfin pour déposer sa charge dans un creux abrité, au cœur d'un peuplier baumier. Tandis qu'elle dispose les branchages, le Hibou bat en retraite, aussi discret que le brouillard qui, à l'aube, monte du fleuve. En ricanant doucement, il songe : « Inutile de revenir cette nuit. Maintenant que je connais l'emplacement du nid, j'aurai droit à un repas plus long, plus copieux et plus satisfaisant. D'abord les œufs. Ensuite la compagne. Et enfin la Corneille suprême. »

Puisqu'une histoire n'a jamais vraiment de commencement ni de fin, qu'elle n'est que la suite d'une histoire en cours, sachez ceci : pendant qu'il épie la Corneille suprême, le Hibou s'inscrit dans un récit plus vaste. En effet, il est lui-même surveillé.

Par qui ? La compagne de la Corneille suprême, Kaynu. Lorsque le Hibou des temps immémoriaux s'éloigne, perdu dans ses pensées de rapace affamé, Kaynu descend du pin où elle était cachée et va trouver la Corneille suprême, occupée à arranger les brindilles. Sur-le-champ, elle l'informe de ses observations.

— Ne devrions-nous pas abandonner le nid ? demande-t-elle.

— L'abandonner ? s'interroge la Corneille suprême en fixant solidement une ramille. Non. Mais peut-être aurions-nous intérêt à en construire un autre.

Sur ce, la Corneille suprême et Kaynu s'enfoncent dans les bois, jusque dans les profondeurs où la lumière du jour pénètre rarement les feuilles et les branches entremêlées. Là, au-dessus du désordre des plantes grimpantes et des mousses rampantes, dans un gros sapin chancelant, au tronc volumineux, ils érigent un nid encore plus grand.

Le Hibou, qui n'est pas du genre à se laisser décourager, les observe. La Corneille suprême et Kaynu, comprend-il, ont décidé de déménager. Il se félicite de sa vigilance. « La patience, se dit-il, est la meilleure amie de l'estomac. J'attendrai mon heure. Lorsqu'ils auront fait leur nid et eu leurs petits, j'assouvirai ma faim. »

Sont-ils donc les seuls protagonistes de cette histoire ? Non. Dense, la forêt s'étend de tous les côtés. Des animaux nichent dans tout ce qui se tortille et s'entortille, les arbres, les joncs, les fissures et les plis profonds de la terre. Au milieu des broussailles, au ras des racines, la Martre, remuante et affamée, surveille. Capable d'escalader les troncs comme un écureuil et de bondir d'une branche à l'autre avec l'aisance d'un tamia, cette créature a perpétuellement le ventre vide. Elle aussi convoite le deuxième nid. En promenant sa langue rose sur ses babines, elle se rappelle que rien ne lui plaît davantage que se régaler d'un œuf. À l'instar du Hibou, la Martre décide de frapper une fois le nid terminé.

Chaque jour, le Hibou revient sur les lieux pour jeter un coup d'œil aux deux nids ; chaque jour, il les voit grandir. Enfin, par une belle matinée du printemps, la Corneille suprême semble avoir pris sa décision. Kaynu, lestée d'œufs, pose son corps immense sur les brindilles du deuxième nid. La Corneille suprême va et vient entre sa compagne et le sol de la forêt, d'où elle tire quantité de morceaux délicieux. Le Hibou hoche sa grosse tête et fait claquer son bec. « Cet oiseau-là, chante-t-il intérieurement, celui-là, c'est le bon. »

Le soir même, tard dans l'ombre du sixième nocturne, le Hibou est de retour, silencieux comme la peur, le chagrin, la terreur indicible. Il survole le nid, où il n'y a personne.

«Tant mieux, conclut-il. D'abord, je pille et je déguste les œufs fraîchement pondus. Ensuite, je m'occupe de la compagne de la Corneille suprême. »

Il atterrit au bord du nid et baisse les yeux. Dans le cercle sacré, il voit des branches et des ronces, des plumes et des os de souris, du duvet d'asclépiades, du poil arraché à la poitrine d'un lapin, des toiles d'araignées. Nulle trace d'œufs, cependant. Irrité, il se penche de plus près et fait une découverte qu'il n'attendait pas — comme c'est souvent le cas —, celle de sa propre mort.

Aussi immobile qu'une pierre, la Martre, agile et silencieuse, s'était perchée sur une branche en attendant le retour de la Corneille suprême et de Kaynu. En sentant le mouvement, elle ne s'était pas donné la peine de regarder. Elle s'était plutôt ruée, la gueule grande ouverte, sur le large dos sans défense du Hibou des temps immémoriaux.

Tandis qu'elle s'enfonçait rapidement dans la nuit, des plumes s'échappant de sa gueule hérissée de dents, elle s'est dit que la chair du hibou était moins exquise que celle de la corneille, sans doute, mais combien plus abondante.

Et que deviennent la Corneille suprême et Kaynu ? Que deviennent les œufs et les oisillons en puissance ? Le Hibou et la Martre, obnubilés par les deux nids qui grossissaient à vue d'œil à la cime des arbres, n'ont jamais songé à en chercher un troisième, plus petit, dans l'entremêlement touffu des branches basses.

Le vol n'est qu'un des moyens d'échapper à l'ennemi, cousins. Sans l'esprit et la volonté, la Corneille suprême et ses descendants n'auraient pas survécu et prospéré.

Que ce récit sacré vous guide au moment où nous évoquons les cruelles péripéties auxquelles nous avons été mêlés, car les parallèles sont nombreux : la fuite dans la nuit, le recours à la ruse, la chance imprévisible et la mort, tout aussi inattendue.

Approchez-vous, cousins, et écoutez-moi bien. Lorsque nous relatons les événements récents, éduquons nos oisillons et réunissons-nous avec ceux de notre clan pour nous souvenir. Nous ne devons omettre aucun détail.

Rappelez-vous donc avec moi les circonstances de ce périple. La peste, la maladie qui suinte et s'infiltre dans la vie, telle la sève qui s'écoule de l'arbre. Aussi collante qu'elle, elle nous a suivis, rattrapés, tués.

N'oubliez pas, cousins, que la peste a dispersé les volées, que nous sommes partis sans but ni préparation, que le destin nous a ballottés d'un nid à l'autre, qu'un clan et un voyage ont pris naissance pendant que nous cherchions celle qui était perdue : Kym ru Kemna ru Kinaar, capturée par les humains.

Souvenez-vous également de la découverte de Kym et des malheureux emprisonnés dans les confins du nid humain, de la traversée clandestine du tunnel et de l'évasion marquée par le feu et la mort.

Partis à la recherche d'une seule, nous sommes rentrés en compagnie de plusieurs.

Consignez en mémoire chaque battement d'aile, chaque plume, chaque serre, la succession de chances et de malchances qui nous ont conduits à cet instant du récit.

Notre présence au centre de la colonie humaine gigantesque, tentaculaire. Notre sortie quasi miraculeuse du brasier et du terrifiant effondrement du nid. Notre capture des éclaireurs de l'Association — l'immense volée composée de corneilles fanatiques commandées par Kuper — chargés de nous retrouver. La blessure de Kyp. Notre désarroi : que faire, où aller.

Kyp ru Kurea ru Kinaar, plus émacié encore depuis qu'il avait échappé à l'incendie, était perdu dans ses réflexions, les plumes roussies, les poumons marqués au fer rouge, la gorge à vif.

Je l'étudiais. Accroché à sa branche, ce jour-là, il paraissait particulièrement frêle. Une bourrasque a secoué l'arbre, et Kyp s'est incliné du côté gauche, celui où il a une patte plus courte que l'autre. Il s'est agrippé plus fort et s'est mis à nous haranguer.

— Avant de partir, a-t-il lancé d'une voix râpeuse, nous devons prendre une décision. L'Association a chargé ces deux-là, a-t-il poursuivi en désignant les éclaireurs d'un geste de la tête, de nous retrouver. Que faut-il faire d'eux ?

Il a regardé autour de lui.

— Que faut-il faire ? a répété Erkala d'un air sinistre.

Elle a interrompu sa toilette et levé les yeux.

— Les éliminer, évidemment, a-t-elle déclaré d'un ton sec avec son curieux accent.

Puis elle a aiguisé son bec sur une branche.

J'étais plutôt d'accord avec elle, même si je ne me serais pas résolu de gaieté de cœur à une telle solution, d'autant plus qu'il aurait été de mauvais augure de quitter la colonie humaine dans ces conditions. Mais pouvions-nous agir autrement ? Kaf a marqué sa réprobation en reniflant. À voir Kym, on sentait qu'elle aurait aimé intervenir, mais qu'elle ne s'en sentait pas le droit. Elle venait tout juste de joindre les rangs de la volée.

Kyp a secoué la tête.

— Non. Je m'y refuse.

Du regard, Erkala a embrassé le reste du conseil.

— On ne doit pas les laisser retourner auprès de l'Association.

Du bout d'une griffe, Kyf a tracé une ligne sur la branche et, à contrecœur, a haussé les épaules.

— Je suis d'accord avec Erkala. Une autre avenue s'offre-t-elle à nous ?

Kyp s'est éclairci la voix.

— Jusqu'à maintenant, l'Association n'a pas capturé un seul des nôtres, a-t-il soutenu. Si nous tuons ces deux-là, sans même…

Il s'est interrompu et a secoué la tête.

— Comment, plus tard, nous justifierons-nous à nos propres yeux ?

Kyf s'est récriée.

— Le gros, là… L'Élu de l'Association. Kuper, celui qu'on appelle Urku. Il a bien essayé de te zigouiller, lui !

— Il a échoué, a répondu Kyp. Ce qui est en jeu, ce n'est pas ce que Kuper a fait ou n'a pas fait. C'est plutôt comment nous agirons, nous.

Puisque personne n'avait rien à ajouter,

Kyp est allé se poser près des deux éclaireurs.

— Écoutez-moi, a commencé Kyp avant d'être victime d'une autre violente quinte de toux.

Il a dégluti avant de répondre.

— Le conseil est d'avis qu'il faut vous tuer. Nous n'en sommes pas là, à mon avis. Dites à votre Élu, Kuper, que nous allons partir et qu'il n'a aucune raison de se préoccuper de nous. Nous rejetons sa proposition, tout comme la première fois. Nous n'avons aucune envie de nous unir à lui. Notre mission a été menée à bien et il ne nous reverra jamais dans les parages. Nous rentrons chez nous, à des jours de vol de son territoire. Demain déjà, nous serons loin. Entendu ?

Trop effrayées pour répondre, les deux corneilles ont opiné du bonnet.

— Si vous nous espionnez de nouveau, nous suivez ou nous importunez et que nous vous prenons en flagrant délit, je ne m'opposerai pas à la volonté des autres. Compris ?

Erkala, qui avait fixé Kyp pendant sa tirade, s'est avancée sur son perchoir.

— Tu ne peux pas les laisser s'en aller, a-t-elle protesté sans hausser le ton.

Kyp a soutenu son regard. La lutte tacite entre eux s'est poursuivie en silence. Soudain,

Kyp a bondi et s'est rué sur les étrangers, le cou tendu et le bec grand ouvert. Ils ont crié en se tortillant. Encerclés comme ils l'étaient, ils n'ont toutefois pas osé se défendre. Avec la rapidité de l'éclair, Kyp leur a arraché des plumes des ailes et de la queue. Ils ont poussé des hurlements de surprise et de douleur. Puis, au moment où Kyp reprenait sa place, ils se sont tournés vers nous pour voir si nous allions attaquer à notre tour.

— Filez, maintenant ! leur a ordonné Kyp en crachant les plumes qu'il avait dans le bec. Dans quelques instants, je vais lancer des jeunes à vos trousses. Gare à vous si vous lambinez. Je leur donne quartier libre.

Les étrangers ont examiné leurs ailes endommagées.

— Ouste ! Déguerpissez ! a crié Kyp, la voix rauque.

Les éclaireurs se sont élancés, mais, au bout de quelques battements d'ailes affolés et inefficaces, ils ne sont parvenus qu'à l'arbre voisin. À l'évidence, l'attaque de Kyp les avait privés de leur capacité de garder le cap ou de voler en ligne droite. Ils ne la récupéreraient qu'à la prochaine mue.

Devant les zigzags lamentables qu'ils effectuaient, j'ai hoché la tête.

— À ce rythme-là, ils mettront une éternité à rejoindre Kuper.

— S'ils y parviennent, a renchéri Kyf. L'aigle qui les verra passer aura droit à un bon repas.

Après avoir étudié les étrangers pendant un moment, Erkala s'est retournée brusquement et s'est envolée. Un silence embarrassé a suivi son départ. Kaf s'est approché de Kyp et a haussé les épaules.

— De toute manière, ils réussiront probablement à retrouver Kuper. Après quoi l'Association partira à notre recherche.

— Oui, évidemment, a murmuré Kyp dans l'espoir de préserver le peu de voix qu'il lui restait. Puisqu'il sait d'où nous sommes venus, Kuper essaiera de nous intercepter en chemin.

— Voilà pourquoi, ai-je dit après réflexion, nous partirons plutôt vers le sud.

— Exactement, a acquiescé Kyp.

Il s'est tourné vers Kyf.

— Réunis tout le monde. Préviens ceux qui sont partis fourrager. Nous nous mettrons en route au prochain sixième. Il y a du vrai dans ce que j'ai raconté aux éclaireurs. Je tiens à être le plus loin possible lorsqu'ils rejoindront Kuper.

Chapitre 2

Nous rassembler a été moins compliqué qu'on aurait pu le craindre. Chacun s'y préparait depuis des jours. Les fourrageurs ne s'étaient guère éloignés du nid. Une fois réunis, nous avons demandé la bénédiction de la Créatrice. Peu de temps après, nous survolions la gigantesque colonie humaine en direction du sud.

À l'extrémité méridionale de celle-ci, des flocons ont commencé à tomber. Entre-temps, les nuages s'étaient rapprochés du sol. « Ainsi donc, ai-je songé, nous sommes arrivés sous la neige et nous repartons dans les mêmes conditions. »

Malgré le froid, le vent et la soudaineté du départ, rares sont ceux qui ont maugréé.

Après notre long séjour parmi les humains, sans parler de l'énergie et des efforts que nous avions déployés pour libérer les corneilles prisonnières, voler nous procurait un plaisir presque grisant. Comme si nous avions échappé à un long enfermement.

En un sens, c'était la vérité. Il y a les confinements du corps et ceux de l'esprit. À vivre trop longtemps au milieu des humains, on s'imprègne de leurs habitudes : on se lève, on dort et on mange en même temps qu'eux. Et on se nourrit comme eux. On affine sa connaissance des humains, mais les autres sens s'émoussent.

Quoi qu'il en soit, demeurer au même endroit trop longtemps provoque une sorte de malaise que seul le vol peut guérir. Nous volions et nous étions heureux. Nous nous interpellions et nous plaisantions en nous éloignant de repères familiers que nous espérions ne plus jamais revoir. Nous avons suivi le littoral. En respirant l'air iodé qui montait de la mer, j'ai compris que la fumée, la suie et la puanteur des humains ne me manqueraient pas.

Bien entendu, une telle joie ne peut durer. Les colonies et les nids humains sont plus chauds que leurs alentours. Bientôt, la neige m'est apparue sous un autre jour. Elle s'accumulait sur mes ailes, entravait mon vol et sapait mon moral. J'avais les épaules endolories. Mon ventre grondait. Les éléments n'y étaient pour rien, mais je n'en mourais pas moins de faim.

J'ai jeté un coup d'œil derrière moi. De petits groupes épars et désordonnés ponctuaient le ciel, et je me suis dit que nous n'étions pas sortis du bois. Kyp a enfin donné le signal, et nous nous sommes posés dans un bosquet de pins et de sapins.

Tandis que nous prenions place et attendions l'arrivée des retardataires, Kyf s'est perchée près de moi.

— À ton avis, qu'est-ce qu'il fabrique, celui-là? a-t-elle demandé en désignant un arbre au bord du rivage.

J'ai jeté un coup d'œil. Là, à la cime d'un bouleau à l'aspect maladif, tordu par le vent, j'ai vu une corneille malingre, fin seule.

J'ai eu beau plisser les yeux, je n'ai pas reconnu l'oiseau.

— Qui est-ce?

— Un des nouveaux, a répondu Kyf. Kryk, je crois.

Évidemment, elle avait appris presque tout de suite le nom des nouveaux. Pour ma part, j'éprouvais encore quelques difficultés à m'en souvenir.

— Oui, c'est lui, ai-je enfin confirmé.

Kyp a interrompu sa toilette pour observer Kryk à son tour.

— Il ne va pas nicher là ?

Nous fixions l'arbre. La corneille émaciée semblait s'être installée à son aise, du moins autant qu'il est possible de l'être à l'extrémité d'une branche exposée au vent.

— J'en ai bien l'impression, a laissé tomber Kyf au bout d'un moment.

Kyp s'est tourné vers Kaf.

— Je peux te demander une faveur ? Va le voir et suggère-lui de changer d'arbre. Qu'il se rapproche au moins du tronc. Un aigle de passage pourrait l'avaler tout rond et poursuivre sa route sans même ralentir.

Sur un signe de tête, Kaf est parti transmettre le message.

Kyf a regardé son frère s'approcher de l'arbre. Kryk a semblé l'écouter. Puis, après s'être rapproché du tronc, il a lancé :

— Pardon !

Déjà, Kaf revenait vers nous.

— Sacré personnage, a lancé Kyf.

— Qui donc ? Kryk ?

Elle a hoché la tête.

— Pendant la halte que nous avons faite un peu plus tôt, il a décidé de se farcir un lapin à lui tout seul.

Perché sur une branche au-dessus de la mienne, Kyrt venait de se joindre à nous.

— Un lapin ? a-t-il demandé, perplexe. Une charogne, tu veux dire ?

— Le lapin aurait été surpris de l'apprendre. Ce Kryk s'est posé sur une grosse femelle et lui a planté les griffes dans le dos. Sous l'effet de la surprise, la bête a effectué quelques pas de côté en se tortillant. Elle croyait sans doute avoir été piquée par un moucheron. Ensuite, elle a détalé. On aurait juré qu'elle avait avalé une étoile filante ! Notre compère Kryk n'est pas des plus robustes, mais il est têtu. Il s'est cramponné à la croupe de la lapine, trop effrayé pour lâcher prise, trop orgueilleux pour appeler à l'aide, jusqu'à ce que celle-ci, furieuse, rue et envoie le phénomène valser dans les broussailles, queue par-dessus tête.

Kyf s'est tournée vers moi.

— Tu crois qu'une telle méthode est efficace, là d'où il vient ?

— Possible. À condition d'être plus gros, plus rapide… d'être un aigle, en somme !

Nous avons bien rigolé. Pourtant, j'ai constaté que Kyp ne perdait pas de vue l'endroit où Kaf avait laissé ce Kryk. Malgré ses rires, Kyp s'inquiétait, s'interrogeait au sujet de cet excentrique dont il avait hérité. Sur les entrefaites, Kym s'est juchée sur une branche voisine.

— Bon vent, a lancé Kyp. Quelqu'un a-t-il vu Erkala ?

Pas de réponse. Après un instant de réflexion, Kyp a hoché la tête.

— Elle nous rattrapera plus tard.

Il s'est de nouveau tourné vers Kym.

— Comment les tiens se débrouillent-ils ?

— Pour une première journée, pas trop mal. Ils sont lents. Certains n'ont pas volé depuis près d'un an. Ils sont fatigués.

— Et toi ?

— Moi ? a-t-elle répété en ricanant d'un air contrit.

Elle a étiré les ailes pour les refermer aussitôt.

— Moi plus que les autres, hélas. Je suis si rouillée que je n'ai qu'une envie : dormir pendant trois ou quatre jours d'affilée, la tête sous l'aile.

Kyp a regardé autour de lui.

— Et vous autres ? Ça va ?

— Fatiguée, a admis Kyf.

— Fatigué et heureux, a ajouté Kyrt.

— Affamé, ai-je répondu à mon tour. Allons-nous bavarder encore longtemps ? Le jour décline, et j'aimerais trouver quelque chose à me glisser dans le bec avant que la lumière disparaisse.

— Je ne vous retiens pas. Je tenais juste à faire le point.

Kyp a rajusté sa position. Depuis l'incendie auquel il avait échappé, ses serres demeuraient sensibles.

— Au cours des prochains jours, nous volerons sans relâche. Je veux que nous nous mettions en route tôt le matin. Nous nous arrêterons brièvement pour fourrager et nous ne ferons escale qu'à la tombée de la nuit. Les éclaireurs finiront par rejoindre Kuper et l'Association. À ce moment, nous devrons être le plus loin possible de la colonie humaine. Avec votre permission, nous ne tiendrons pas de conseil en bonne et due forme d'ici là.

Des grognements d'approbation ont résonné dans l'arbre.

— Dans ce cas, à moins que vous ayez quelque chose à ajouter, je vous propose de partir à la recherche de nourriture et d'un nid confortable. Confortable… et sûr, a-t-il précisé après réflexion.

Tous sont allés fourrager, sauf Kyp, Kyf et moi.

Kyf a attendu que les autres soient partis pour se rapprocher de Kyp.

— Cette volée n'ira pas bien loin, a-t-elle observé.

Kyp l'a dévisagée, la tête inclinée.

— Pourquoi ?

— Eh bien, a-t-elle commencé en promenant un regard réprobateur sur les oiseaux dispersés sur le sol et dans les arbres, la plupart sont jeunes. Un peu moins du quart d'entre eux ont été libérés des paniers des humains il y a seulement quelques jours. Ils se connaissent à peine et nous connaissent encore moins. Certains baragouinent notre langue avec difficulté.

Kyp a haussé les épaules.

— Kym arrive à communiquer avec eux.

Kyf a opiné.

— Et elle est la seule. Nous ne formons pas une volée pour autant. Nous sommes plutôt une bande de corneilles qui, par le plus grand des hasards, vont dans la même direction. Sans trop de brio, d'ailleurs. Si nous continuons de voler comme aujourd'hui, chacun de son côté — suivant la même trajectoire, mais finalement bien seuls —, quelques-uns risquent de finir dans le bec d'un hibou, d'un aigle ou d'un vautour quelconque. Et si nous n'arrivons pas à nous comprendre... eh bien, nous ne constituerons jamais une famille. C'est pourtant ce que tu souhaites, non ?

— Oui. Que suggères-tu ?

— Avec ta permission, j'aimerais en discuter avec Kym. J'ai eu l'occasion de l'observer, et elle me semble futée. Parmi les évadés du nid humain, c'est elle qui se perche le plus haut. Ensemble, elle et moi réussirons peut-être à créer des équipes composées de corneilles qui ne se sont encore jamais côtoyées. Mêlons-les et laissons-les s'apprivoiser.

— Tu as l'air bien décidée, a lancé Kyp. Touches-en un mot à Kym et faites le nécessaire.

— Entendu, a-t-elle conclu.

Même si tout avait été dit, elle s'est attardée sur la branche. Elle pelait des bouts d'écorce.

— Autre chose, a-t-elle ajouté doucement.

— Oui ?

La voix de Kyp se brisait, et Kyf a compris qu'il déployait des efforts considérables pour rester calme.

— C'est à propos de Kaf.

Elle a jeté un coup d'œil à l'arbre dans lequel son frère était perché.

— Bien que Kwaku me manque, c'est pire pour Kaf. Auprès de son frère, il se sentait pleinement à l'aise. J'ai tenté de l'aider, mais nous n'avons pas les mêmes rapports. Sans compter que nous ne pouvons pas en parler ouvertement.

Elle s'est tournée vers Kyp.

— Tu veux bien veiller sur lui ?

— J'essaierai.

Kyf est restée perchée un moment, comme pour dresser le bilan de l'échange, puis elle s'est élancée. Kyp s'est détendu un peu. Je m'en suis presque voulu de le déranger.

— Il y a encore un détail à régler, ai-je dit.

Puisqu'il se croyait seul, il a sursauté.

— Excuse-moi. J'ignorais que tu étais toujours là, a-t-il expliqué. Je n'ai pas l'habitude de te voir si discret. Qu'est-ce que c'est ?

— Ce Kryk… Celui vers qui tu as dépêché Kaf…

— Qu'est-ce qu'il a encore fait ?

— Je ne suis pas sûr de ce que j'avance, mais… tu aurais intérêt à l'avoir à l'œil.

Kyp a incliné la tête et s'est gratté le cou.

— Pourquoi ?

J'ai cherché mes mots.

— Je n'ai jamais vu un être aussi inepte, ai-je fini par bredouiller. Rien là de bien remarquable. Seulement, il est si nul que c'est à peine croyable. On t'a déjà parlé de lui. Il y a autre chose.

— Quoi, par exemple ?

— La nuit, il produit un drôle de bruit.

— Un bruit ?

Kyp a abandonné ses démangeaisons à leur sort.

— De quel genre ?

— Un bruit… bruyant. Je ne sais pas, moi. Il geint, gémit, grogne. Certains s'en sont plaints. Récemment, je l'ai moi-même entendu, et c'est très troublant. Surtout qu'il risque d'attirer des créatures terrestres. En vol, il a du mal à suivre — il traîne toujours de la patte. Tu connais Kyf. Elle est très sensible à la détresse d'autrui. Bien qu'elle ne t'ait rien dit, elle a dû parcourir un trajet deux fois plus long que le tien ou le mien : elle revenait sans cesse en arrière pour voir si Kryk s'en sortait. Et comme fourrageur… il est navrant. Tu as vu à quel point il est maigre ? S'il ne mange pas bientôt, je me demande s'il tiendra le coup.

— Bon, je vais lui prodiguer quelques conseils et je t'invite à en faire autant. Je suis sûr que le temps qu'il a passé en captivité a eu…

J'ai secoué la tête.

— Tu ne m'écoutes pas. Il y a autre chose.

J'ai hésité un moment avant de continuer.

— Je ne t'en ai pas parlé auparavant. Le détail me semblait sans importance. Après, tu étais trop mal en point pour que je t'importune avec des balivernes pareilles. C'est moi qui l'ai libéré.

— Du nid humain ?

— Exactement. Il ne voulait pas sortir.

Kyp s'est penché vers moi.

— Il ne voulait pas sortir du panier ?

— Non.

— Eh bien, a réfléchi Kyp en se remémorant la scène, il avait sans doute peur du feu.

— L'incendie n'avait pas commencé. Kryk a été un des premiers que j'ai secourus.

— Le bruit et la confusion, peut-être.

— Possible, ai-je admis. Les autres, cependant, ne se sont pas fait prier. Lui, j'ai dû le forcer à venir avec moi.

Kyp me fixait.

— Pardon ?

— Tu m'as bien entendu.

Kyp s'est tourné vers l'arbre dans lequel Kryk était perché.

— Conclusion ? a-t-il enfin demandé.

— Je ne sais pas. Je n'arrive pas à mettre la patte sur ce qui me tracasse. Seulement… Je me sentirai mieux si je sais que tu l'as à l'œil.

Chapitre 3

Nous avons continué de voler plein sud, malgré le vent d'ouest contre lequel il fallait lutter à chaque battement d'aile. Au cours de la quatrième nuit, la neige s'est transformée en pluie, et il est tombé des trombes d'eau. Rien à voir avec les averses intermittentes. Au contraire, nous avons eu droit à une pluie glaciale, impitoyable, qui nous emplissait le bec. Elle s'abattait sur nous sans relâche, que nous soyons en vol ou au repos. Les corneilles qui avaient vécu le long du littoral disaient avoir l'habitude d'un climat pareil. Pour ma part, je préfère être au sec, et j'étais irrité.

Le lendemain, nous avons fourragé au bord de l'eau. Des moules et des palourdes, surtout. De loin en loin, du fretin. Quelques jeunots picoraient une étoile de mer. Il faudrait que je sois au bord de l'inanition pour m'attaquer à une bestiole pareille. Je n'en étais pas encore là. Je les ai laissés à leur vaine tentative. La déception forge le caractère.

En constatant que nous mangions sans surveillance, Kyf s'est énervée. Deux sentinelles étaient au poste, mais ni l'une ni l'autre ne s'acquittait convenablement de ses responsabilités. C'est alors que j'ai mesuré l'ampleur du travail à accomplir.

Le cinquième jour, Kyp a convoqué le conseil, comme promis. Pour échapper du mieux possible aux intempéries, nous nous sommes réunis dans un fourré d'ajoncs et de ronces, au pied d'un défilé rocheux.

— Malgré le vent de face et la pluie qui nous a ralentis, nous avons parcouru une distance considérable, a commencé Kyp. Comment vous sentez-vous ?

— Mouillé, ai-je déclaré en agitant mes ailes détrempées. Si j'étais un poisson, je serais la créature la plus heureuse du monde.

J'ai réfléchi un moment.

— J'ai si faim, remarque, que je risquerais de me manger moi-même.

Kyp s'est esclaffé.

— Espérons que nous n'en serons jamais réduits à cette extrémité.

— Holà ! a soudain protesté Kyf en se tournant vers moi pour me foudroyer du regard. Tu arrêtes ça, je te prie ?

— Quoi ? ai-je demandé, un peu sur la défensive.

— Tu te secoues !

— Parce que je suis trempé jusqu'à l'os, ai-je expliqué. On dirait qu'un nuage m'a suivi toute la journée et qu'il s'est vidé sur mon dos.

— Garde pour d'autres tes frétillements pitoyables, tu veux ? a-t-elle gémi. Dans l'état où je suis, je me passerais volontiers de ton imitation de chien mouillé.

— Kym ? a lancé Kyp, coupant court à nos chamailleries. Toi et les tiens, ça va ?

— Oui. Mais nous sommes fourbus, imbibés d'eau.

— Kyf ?

— Les miens vont bien. Ils ont un peu faim.

— Un peu ? ai-je répété. Un peu ? Si nous allons si vite, c'est parce que nous sommes les corneilles les plus légères de tous les temps. Nous n'avons plus que des plumes et une faim dévorante. Par la Créatrice dans son Nid, j'ai vu des corneilles grignoter une étoile de mer.

Une étoile de mer ! Le désespoir, dans toute sa splendeur !

— Je t'ai entendu converser avec Kyf un peu plus tôt, a ajouté Kyrt. Allons-nous poursuivre ce soir ou demain matin ?

— Les deux, a répondu Kyp. J'aimerais que nous fassions un bout de chemin après l'assemblée et tôt demain matin.

— Un instant, juste un petit instant, ai-je dit à mon tour. Vous oubliez ce dont j'ai parlé, moi. Manger. Il ne s'agit pas que de moi et de mon appétit. Nous nous sommes tous déclarés affamés, et il y a parmi nous des corneilles qui, avant notre départ, ont refusé la nourriture des humains qui les retenaient prisonnières. Si elles ne se nourrissent pas, elles n'iront pas bien loin.

— L'Association ne va pas prendre une journée de repos pour s'alimenter, elle, a objecté Kyrt.

— Qu'est-ce que tu en sais ? lui ai-je demandé. Et cesse de rouler des yeux ! C'est une question parfaitement raisonnable. Nous avons aperçu deux ou trois de ses éclaireurs. Ils ne m'ont pas semblé affamés. J'ai entrevu ce Kuper le jour où il a tenté de nous recruter. Il est drôlement baraqué. Preuve qu'il ne jeûne pas souvent.

— Je suis d'avis qu'il faut décamper, a lancé une voix. Le plus vite sera le mieux.

En nous retournant, nous avons vu Erkala atterrir sur une branche.

— Plus vite nous volerons, moins nous risquerons d'être repérés. La pluie, c'est la bénédiction de la Créatrice. Grâce à elle, il est beaucoup plus difficile de discerner nos silhouettes et nos ombres. S'il faut fourrager, je suggère que nous le fassions là où nous sommes le moins susceptibles d'être vus.

Kyp a posé la question qui était sur tous les becs.

— Où étais-tu passée ?

Erkala a lissé ses plumes.

— J'ai suivi les éclaireurs.

Il y a eu un long silence.

— Jusqu'où ? a demandé Kyrt.

— Jusqu'à l'Association.

Kyp a incliné la tête.

— Et ?

— La volée a emprunté la direction du nord.

Au sein du conseil, un babil heureux a accueilli la nouvelle.

— Pas au complet, malheureusement, a prévenu Erkala. Deux groupes s'en sont détachés: l'un est parti vers le sud, le long de la côte; l'autre se dirige vers le sud-ouest.

— Combien y a-t-il de corneilles dans chacune des bandes? a voulu savoir Kyp.

— De vingt à vingt-cinq.

— Ce n'est pas si mal, a observé Kyrt.

— C'est suffisant, a soutenu Erkala. Ils sont assez nombreux pour se défendre et, au besoin, envoyer chercher des renforts.

— On t'a repérée? a demandé Kyrt.

Erkala a reniflé d'un air dédaigneux et foudroyé le jeunot du regard.

— Tu me prends pour un œuf? Personne ne m'a vue. J'ai volé comme nul autre n'en aurait été capable. L'Association se trouvait à environ quatre jours au nord-ouest de notre nid. Pour vous retrouver, j'ai foncé pendant un jour et demi sans m'arrêter pour nicher, me reposer ou manger.

— Tu as dit toi-même que le gros de l'Association était parti vers le nord...

Kyrt ne démordait pas de sa première objection.

— Deux choses, a déclaré Erkala en l'interrompant. *Primo*, Kuper n'a pas attendu que les choses se passent: il a immédiatement envoyé sa volée vers le nord. Son intention est clairement de nous intercepter. *Secundo*, il

a lancé deux bandes dans des directions différentes. Au cas où sa première intuition ne serait
pas la bonne, ces deux-là nous rattraperaient
assurément. Quoi qu'il cherche à accomplir
par ailleurs, il nous veut, nous.

Le conseil digérait encore ces informa-
tions lorsque Kyp a pris la relève d'Erkala.

— L'Association est sans cesse à l'affût
de nouveaux membres. Voilà pourquoi je
n'attacherais pas trop d'importance aux deux
bandes constituées par Kuper. Si j'ai bien
compris ce qu'il m'a raconté, Kuper et sa
troupe agissent ainsi depuis le début. À mon
avis, cependant, Erkala a raison pour l'essentiel. Je pense non pas au jeûne qu'elle propose, mais à la prudence dont nous devons
faire preuve. Il faut continuer de voler sans
répit. Si nous arrivons à semer l'Association,
le reste du périple sera beaucoup plus facile.
S'ils n'ont rien trouvé au bout de six jours,
les membres de l'Association commenceront
à douter ; au bout de soixante, ils abandonne-
ront.

— Ils semblent déterminés, a commenté
Kyf. Et s'ils demeuraient à nos trousses ?

Kyp a secoué la tête.

— Impossible. Vous avez entendu Kuper,
la première fois. Il estime qu'il est de son

devoir de colporter le prétendu message de la Créatrice. Voilà ce qui compte à ses yeux. Il a beau ne pas me porter dans son cœur…

— Il a tenté de te tuer ! me suis-je écrié.

J'avais conscience de proférer une évidence.

— À deux occasions, par-dessus le marché. C'est une façon comme une autre de montrer qu'on « ne porte pas quelqu'un dans son cœur »…

— Il n'aura pas le temps de nous pourchasser indéfiniment, a continué Kyp. Nous ne sommes pas assez importants.

— Il a déjà eu recours à des éclaireurs, a rappelé Kyf.

— C'est différent. Je l'ai humilié devant ses partisans. Mais le printemps approche. Comme toutes les grandes volées d'hiver, l'Association se disloquera. Les corneilles se disperseront pour nicher. Il nous suffit de les éviter jusque-là.

La suggestion nous est apparue remplie de bon sens. À la pensée de l'Association, j'entrevoyais une poignée de fidèles toujours attachés à Kuper, mais rien de démesuré. La plupart des corneilles qui l'accompagnaient étaient jeunes. Déjà, elles songeaient à l'emplacement de leur nid.

— Et la peste ? a demandé Kym, changeant de sujet. Pouvons-nous rentrer en toute sécurité ? Risquons-nous de l'attraper ?

Kyp a mis un certain temps avant de répondre.

— Je ne sais pas. J'en ai déjà eu un avant-goût. Toi aussi. Kata et moi avons franchi de longues distances sans tomber malades. Ceux qui nous accompagnent ont contracté la maladie ou côtoient depuis longtemps des corneilles qui ont survécu. D'après ce que je crois comprendre, la peste a sévi partout. Nous ne courons donc pas un danger plus grand en retournant à notre point de départ. Cet hiver, nous avons tous été épargnés. Peut-être y aura-t-il une autre épidémie cet été, mais… la dernière fois, nous avons survécu. Nous sommes peut-être tirés d'affaire pour de bon. Je l'ignore. Sinon…

Il s'est arrêté un instant pour chercher ses mots.

— Sinon, a-t-il poursuivi, je ne connais aucun lieu où nous serons en sécurité.

Sur cette note peu encourageante, la séance du conseil a pris fin. Avant de partir à la recherche de nourriture, certains se sont attardés un moment pour bavarder. En compagnie de Kyp, Kym est allée explorer les rochers.

— Je n'ai pas tellement d'espoir de dénicher des escargots, a-t-elle admis. Je préfère pourtant chercher ici et ne rien trouver que fouiller là-bas, sur le rivage, où les goélands font un boucan d'enfer.

— Ils sont irritants, a concédé Kyp en fouinant autour de lui. Je peux te poser une question ? J'y songe depuis longtemps.

— Quoi donc ? a demandé Kym, la voix assourdie par les rochers environnants.

— Je pense qu'il vaudrait mieux que tu partages avec moi le rôle d'Élu.

Kym a sorti la tête d'une crevasse.

— C'est impossible, Kyp.

— Ça y est ! J'en ai un ! s'est exclamé Kyp en brandissant une coquille.

Il l'a brisée contre une pierre.

— Pourquoi ?

— D'abord, je n'ai pas pris la moindre décision depuis des lustres. Je n'ai pas choisi ma nourriture, mon perchoir… rien du tout. Je me sens un peu…

Elle a débarrassé son épaule d'une petite feuille.

— … diminuée. Le mot est peut-être un peu fort, mais disons que, pour le moment, je ne suis pas particulièrement sûre de moi.

— Raison de plus pour commencer à…

— Sans compter, a poursuivi Kym, qu'un Élu doit être… élu. La moitié des membres de la volée ne me connaissent même pas. Ah ! je t'ai eu ! s'est-elle écriée en cueillant un escargot entre deux grosses pierres.

— Un tiers des membres de la volée ne me connaissent pas non plus. Pas vraiment.

— Par contre, a corrigé Kym en hochant la tête, tu les as libérés. Tu as cherché le nid humain et tu nous as sortis de là. Pour cette raison, ils te suivraient n'importe où. Et les autres… ils ont voyagé avec toi, ils t'ont observé. Ils ont eu l'occasion de voir de quel bois tu te chauffes. Je peux t'aider à comprendre ceux qui étaient enfermés avec moi, Kyp, mais je ne peux pas devenir l'Élue de la volée simplement parce que tu en exprimes le souhait. Si tu le leur demandais, ils accepteraient. Je m'y refuse.

— Quelle obstination, a marmonné Kyp.

— Que veux-tu ? a lancé Kym en décollant une coquille d'un mur de pierre. J'ai la tête dure.

— J'ai pourtant l'impression que tu me serais d'un grand secours.

— Je t'aiderai de mon mieux, Kyp, a dit Kym en fouillant parmi les débris de coquille. Je n'ai pas besoin du titre de Coélue pour ça.

— Non, je suppose.

Il a continué à voix plus basse.

— Il y a une autre question que nous avons abordée avant la peste. Je n'ai pas de nourriture à t'offrir, mais je pourrais…

— Ne crois-tu pas que le seul fait de m'avoir libérée constitue une sorte d'offrande ? N'as-tu donc pas compris que j'avais déjà consenti ? Attendons au moins d'être…

À ce moment précis, quelques jeunes sont passés en lançant des SOS. Des goélands avaient réussi à isoler trois des nôtres et conclu que nous n'étions pas disposés à les défendre. La volée s'est levée d'un bloc. Peu de temps après, les assaillants s'enfuyaient. Personne n'a été grièvement blessé dans l'opération, mais certains y ont perdu des plumes.

Un coup dur de plus dans une journée plutôt déprimante. Et le pire était encore à venir. Un des jeunes a annoncé avoir trouvé de la nourriture. J'ai senti mon estomac se réjouir d'avance, et je ne pense pas avoir été le seul. En l'occurrence, la manne annoncée n'était qu'une carcasse de mouffette — toute une déception. Une mouffette maigrichonne et déjà passablement grignotée par-dessus le marché.

Sans grand enthousiasme, j'ai picoré quelques baies de sumac ratatinées toujours accrochées à leurs buissons. Cassantes et sèches comme l'os, elles laissaient dans le bec un arrière-goût amer à vous flanquer la nausée. La volée a niché dans un bosquet de pins noueux qui, sous le surplomb d'une falaise, se cramponnaient désespérément à un éboulis.

Il a plu toute la nuit. Au cours du sixième nocturne, Kym s'est posée près de Kryk.

— Qu'est-ce que tu veux ? a nerveusement croassé celui-ci en levant les yeux.

— Pourquoi ne dors-tu pas ? a-t-elle demandé d'une voix calme.

— Je suis juste agité, a-t-il expliqué.

— Quelque chose te préoccupe ?

— Non, non.

— J'étais perchée là-haut, a-t-elle poursuivi. Je t'ai vu frissonner.

— Il fait froid.

— Tu appelais, a-t-elle ajouté.

— Ah bon ? s'est-il exclamé en essayant de mesurer la distance qui le séparait de la branche de Kym. Qu'est-ce que j'ai dit ?

— « À l'aide. »

— C'est vrai ?

— Oui, a-t-elle soufflé.

Puis elle a attendu.

— À quoi rêvais-tu ?

— Je ne m'en souviens pas. Excuse-moi. Les rêves, tu sais… Ils disparaissent aussi vite qu'ils sont venus.

Kym se balançait d'une serre à l'autre.

— Tu as une confidence à me faire ?

— Non, a-t-il répondu en secouant la tête. Non.

— Tu en es sûr ?

— Certain.

— Il faudra que tu tiennes le rythme.

— Promis.

— D'accord.

Kym était sur le point de s'élancer lorsque Kryk a rouvert le bec.

— Vous pouvez m'abandonner, tu sais.

Elle s'est arrêtée.

— Pardon ?

— Je comprendrais. Si je tombe malade ou si je traîne de la patte… Je ne vous en voudrais pas. Laissez-moi ici.

— Écoute-moi bien. Tu veux rester avec nous, oui ou non ?

— Oui.

— Dans ce cas, vole. Aucun de nous ne souhaite perdre un des membres de la volée.

Le jugement

La nuit s'est refermée sur nous, sombre et silencieuse. Elle avait ses secrets, au même titre que certaines des corneilles perchées dans les arbres. Maintenant, cousins, arrêtons-nous un moment pour boire et nous étirer les ailes.

Deuxième partie

Chapitre 4

Approchez-vous, cousins. N'est-ce pas que la brise est glaciale ? Elle vous retrousse les plumes et vous secoue. Consolez-vous en vous rappelant que nous avons déjà eu plus froid. Vous avez encore le ventre creux ? Souhaiteriez-vous avoir plus de temps pour vous nourrir ? N'oubliez pas que nous avons déjà été plus affamés.

Parfois, j'ai l'impression que la faim est la cause de tous les maux. Elle vous force à précipiter les choses. Elle vous rend irritable. Elle vous incite à prendre des décisions que, repu, vous n'auriez jamais envisagées. Rassasiés, peut-être aurions-nous fait preuve d'un peu plus de bon sens.

Et pourtant… Nous avions l'estomac dans les serres. Dans ces cas-là, on n'a qu'une seule pensée en tête : le prochain repas.

Installez-vous, cousins, trouvez une place sur une branche et écoutez. À l'époque, il m'a semblé que nos difficultés, en dépit de l'adoucissement du climat, s'amplifiaient. Après le froid mordant, l'humidité a provoqué une épidémie de toux sèche dont les échos retentissaient d'un bout à l'autre de la volée. Rien de dangereux, mais c'était assez pour nous ralentir. Après la peste de l'année précédente, nous étions inquiets.

Malgré tout, Kyp nous poussait à avancer, et Erkala se montrait impitoyable. Vous étiez à la queue de la volée ? Elle vous houspillait. Vous vous sustentiez trop longuement ? Elle vous grondait.

Kryk, qui continuait à accuser du retard, avait droit à une attention particulière. Lorsque, ce matin-là, Erkala s'est tournée vers lui pour le réprimander une troisième fois, Kyp est intervenu. À la place, il lui a adressé des mots d'encouragement.

En silence, Erkala a repris sa place à côté de moi. Je l'ai entendue maugréer dans la langue incompréhensible de ses origines.

— Si j'étais toi, je ne me laisserais pas troubler par si peu, lui ai-je conseillé.

Elle a décoché un regard sinistre à Kyp en agitant la tête.

— Il a tort. La Créatrice nous met à l'épreuve, et la vie n'est pas facile. Kyp peut-il surveiller Kryk et lui venir en aide à chaque instant? Non. Si le jeunot n'apprend pas à veiller sur lui-même, la vie s'en chargera. Et crois-moi, elle a le bec tranchant et la colère facile.

L'amertume du ton d'Erkala m'a décontenancé.

— Kyp essaie simplement de découvrir un nid sûr, lui ai-je rappelé.

— Je sais, a-t-elle concédé en se radoucissant un peu. Pour l'essentiel, il se tire bien d'affaire.

D'un geste de la tête, elle a désigné le reste de la volée.

— Les autres lui sont très attachés. Peut-être trop.

Je l'ai fixée d'un air inquisiteur.

— Et toi?

Elle a soutenu mon regard.

— Faut-il vraiment que tu poses la question?

Sur ces mots, elle est descendue et a volé toute la journée au ras des buissons et des herbes.

Les goélands étaient devenus un véritable fléau. Aussi avons-nous décidé de passer la nuit à l'intérieur des terres. Kyp, qui avait l'art de dénicher de bons endroits, nous a guidés vers un minuscule vallon abrité. La volée s'est répartie en petits groupes selon l'organisation arrêtée par Kyf, à quelques exceptions près. Erkala et Kaf se sont postés à chacune des extrémités de la vallée pour monter la garde, et j'ai vu Kryk s'éloigner seul.

Plus tard, tandis que je cherchais de la nourriture, je l'ai aperçu en train de picorer à proximité d'eaux de crue boueuses, tourbillonnantes. Normalement, le ruisseau n'aurait rien eu d'impressionnant, mais, compte tenu des pluies incessantes, il avait débordé de son lit et s'étendait à droite et à gauche. Je me suis posé sur une souche détrempée, puis, à petits sauts, je me suis installé sur une ramille en saillie. Là, j'ai observé le jeunot pendant un moment. À grand-peine, il soulevait des feuilles lourdes et humides pour jeter un coup d'œil dans des trous creusés par des pics.

— Qu'est-ce que tu fabriques ?

Il s'est redressé vivement, comme si je l'avais pris en flagrant délit.

— Je cherche de quoi manger, c'est tout, a-t-il répondu.

Il arborait l'expression légèrement hébétée qui ne le quittait presque jamais.

J'ai regardé autour de moi. Dans les parages, il n'y avait rien qui, de près ou de loin, ressemble à de la nourriture.

— Où ça ? ai-je demandé à voix haute.

— Je ne sais pas. Du moins pas encore. Mais je suis sûr qu'il y a par ici quelque chose de comestible, a-t-il affirmé avec un vigoureux hochement de tête.

Signe de sa détermination, de sa force ou des connaissances occultes qu'il possédait ? Allez savoir.

— Je vais trouver, a-t-il déclaré.

Puis, après un autre geste résolu de la tête, il a fait un pas en avant, comme s'il avait repéré une proie.

J'ai examiné les environs de la souche, de bas en haut et de gauche à droite.

— Y a-t-il quelqu'un avec toi ? ai-je demandé.

La question a semblé le plonger dans la perplexité.

— À part toi, tu veux dire ?

— Oui, ai-je répondu le plus patiemment possible. À part moi.

— Je ne…

Il a jeté un coup d'œil vers l'amont.

— … pense pas.

— Eh bien… ai-je commencé en sentant ma gorge se serrer.

La moindre conversation avec lui me mettait les nerfs en boule.

— Si quelqu'un était avec toi, tu serais au courant, non ?

— Oui, a-t-il admis.

— Donc, ai-je poursuivi dans l'espoir de tirer les choses au clair, tu es seul.

— Oui, a-t-il acquiescé en agitant encore la tête.

Puis il a levé les yeux vers moi.

— C'est la mauvaise réponse ?

La question paraissait sincère. Aussi ai-je tenté de ne pas m'énerver.

— Dans les conditions présentes, ai-je répliqué en surveillant mon ton de voix, tu risques, toi, de servir de nourriture à un prédateur. Tu es près d'une souche, au pied de celle-ci. Tu ne vois pas de l'autre côté. Qui plus est, tu es au fond d'une vallée. Toute créature terrestre s'approchant par l'est peut te voir. Si une bête affamée et hostile rampe jusqu'ici, elle dispose d'amples buissons où se camoufler. Il n'y a personne pour te surveiller, te protéger ou sonner l'alerte. D'où sors-tu, au juste ?

Il m'a regardé d'un air ébahi.

— J'étais dans le nid humain. Celui d'où Kyp nous a tirés.

— Ça, je le sais ! ai-je explosé. J'étais là, moi aussi ! J'y suis entré en compagnie de Kyp, de Kwaku et d'Erkalá. Par la Créatrice de la Créatrice, c'est moi qui t'ai sorti du panier !

— Excuse-moi ! s'est-il exclamé. Je m'en souviens, maintenant. Il y avait de la fumée et...

Il a laissé sa phrase en suspens.

Je me suis arrêté pour reprendre mon souffle. J'en ai profité pour rectifier l'alignement de mes plumes. Il était indigne de perdre son calme ainsi, mais converser avec Kryk me faisait l'effet d'une journée de vol face à un violent vent contraire. Soudain, mes ailes me semblaient lourdes.

— Je me demandais où tu étais avant.

— Avant ? Quelque part au sud d'ici.

— Et... Nous rapprochons-nous de chez toi ?

À l'idée qu'il retrouverait peut-être bientôt sa volée originelle, j'ai un peu repris espoir.

— Non, non, a-t-il répondu en hochant de nouveau la tête.

Fallait-il donc toujours qu'il se contorsionne comme pour chasser un frelon ?

— C'est loin au sud et à l'ouest. Plus au sud qu'à l'ouest. Mais les deux. Au sud, loin, puis à l'ouest, à quelques jours de vol.

— Ah bon? ai-je répondu, complètement déboussolé par son explication.

— C'est sans importance, a-t-il ajouté.

— Comment ça?

— Ma famille — le nid, le clan, la volée — a été entièrement détruite par la peste.

— Ah bon?

J'ai senti mon moral s'effondrer brusquement.

— Désolé de l'apprendre.

La conversation avait épuisé les ressources de notre imagination. La pluie et le ruissellement des eaux meublaient le silence. Kryk me dévisageait d'un air appliqué. Descendant de mon perchoir, j'ai arraché un bout d'écorce décollée. De la pourriture est apparue.

— Tiens, un cocon. Essaie ça.

— Merci, a-t-il répondu en l'avalant goulûment.

À la vue de cette corneille nerveuse et décharnée qui se régalait avec un plaisir évident du plus infime morceau, j'ai pris la mesure de ce qu'il lui faudrait ingurgiter pour grandir et décupler ses forces. Puis je me suis rappelé qu'il était un fourrageur inepte, qu'il avait du mal à suivre la volée et que, au fond, il ne savait rien faire, et j'ai été enseveli sous une vague de désespoir.

— Il faut que j'y aille, ai-je conclu. Trouve un endroit plus sûr où chercher ta pitance. Et ne mange plus jamais au creux d'une vallée sans surveillance. Compris ?

— Absolument, a-t-il répondu en opinant du bonnet.

Sans blague, je craignais de voir sa tête se détacher.

Je me suis envolé. J'avais beau être affamé, il me faudrait d'abord une petite sieste pour me remettre de cet entretien.

Chapitre 5

Entre-temps, Kyp s'était perché près de Kaf, qui montait la garde auprès des corneilles en train de se nourrir. Réparties plus ou moins également entre le sol et les broussailles, elles allaient et venaient sans se presser.

Kyp a balayé les environs du regard.

— Les nôtres mangent. Enfin.

— En tout cas, ils cherchent. La nourriture est rare, par ici.

— On en trouve plus sur le rivage, en effet. Mais il y a aussi les goélands.

— C'est vrai. On ne peut pas les oublier, ceux-là.

Fidèle à son habitude, Kaf n'a rien ajouté.

— Tu es fatigué ? a demandé Kyp.

— Non. Enfin, peut-être un peu. Nous le sommes tous, je crois.

— Pourquoi ne pas aller rejoindre les autres, dans ce cas ? Va manger avec eux. Rien ne t'oblige à te charger seul du guet, tu sais ? Nous nous partagerons le prochain quart, Kyf et moi.

— Je tiens à faire ma part. Et si je ne m'impose pas, Kyf ne me confiera pas de responsabilités. Elle veut que je perche parmi les autres. Que je niche avec les autres. Que je fourrage avec eux. Elle tient à me voir frayer constamment avec les autres.

— Je pense, a doucement précisé Kyp, qu'elle tient seulement à ce que tu nous parles, à l'occasion.

— De quoi ?

— De quoi ? a répété Kyp.

La question l'avait pris au dépourvu.

— Oui. Kyf me demande sans cesse si j'ai bavardé avec les autres. Alors, je te le demande encore une fois. De quoi suis-je censé parler ?

— Je ne sais pas, moi. De ce que tu veux, je suppose. Pendant longtemps, tu as accompagné Kwaku. C'est sûrement curieux pour toi d'être sans lui. Tu pourrais aborder avec quelques-uns d'entre nous les sujets dont tu discutais avec Kwaku.

Kaf a mis un certain temps avant de répondre. Lorsqu'il s'y est enfin résolu, il a adopté le ton lent et doux qui lui était coutumier.

— Je constate que Kyf est venue t'entreprendre. Elle s'imagine que nous papotions sans cesse, Kwaku et moi, que nous avions de longues conversations dont elle était exclue. La vérité, c'est que nous n'avions pas besoin de parler. Il me connaissait. C'est tout. Il me connaissait.

Kaf a balayé l'horizon des yeux et jeté un coup d'œil à ceux qui se sustentaient dans une clairière en contrebas, avant de continuer:

— Tu sais, au cours de ma deuxième année d'existence, juste après l'apparition de mes plumes d'adulte, j'ai été attaqué par un aigle. Il m'a pris par surprise et m'a passablement amoché. J'ai bien failli y rester. La volée a réagi juste à temps et a chassé le rapace. Dans l'échange, j'ai quand même perdu quelques plumes au milieu du dos. Il y avait là une plaque de peau nue de la taille d'une tête de moineau. Ce n'était pas beau à voir, sans compter que je frissonnais sans cesse. Chaque fois que le vent soufflait et que la pluie tombait, je sentais cette absence. Même chose le soir avant de m'endormir. J'ai été malheureux et mal à l'aise jusqu'à ce que repoussent ces fameuses plumes.

Nous n'étions pas très loin de la côte. Du haut de l'arbre, on voyait l'océan et les goélands qui flottaient au-dessus des vagues, tournoyaient dans le ciel en poussant des cris. Ceux-là s'égosillent même en l'absence de corneilles à harceler. Kaf les regardait monter et descendre.

— Kwaku est parti, a-t-il poursuivi, et le vent traverse le vide qu'il a laissé en moi. À quand, dis-moi, la mue qui le remplacera?

Il a fermé les yeux. Puis il a regardé Kyp.

— Trouve-moi des occupations. Je n'ai nullement l'intention de vous causer des soucis, à Kyf et à toi.

Kyp a contemplé la volée.

— Bien que les oisillons aient réalisé des progrès depuis leur arrivée parmi nous, il leur reste encore beaucoup à apprendre. Ils ont du respect pour toi. Tu veux bien veiller sur eux? Conseille-les. Rien ne t'oblige à converser avec eux. Réponds seulement à leurs questions. Tu veux bien?

— Je veux bien.

— Si je peux faire quelque chose pour toi, tu n'as qu'à demander. Même si tu n'as rien à demander, d'ailleurs, a ajouté Kyp. Je ne peux pas combler le vide que tu ressens — personne n'en est capable —, mais il y aura toujours une place pour toi sur mon perchoir.

Chapitre 6

Toujours plus au sud, de jour en jour. Nous avons poursuivi notre voyage le plus vite possible. La pluie nous suivait, fouettée par de froides rafales. Le long de la côte, nous avons survolé une grappe de grosses colonies humaines. C'était chaque fois le même dilemme. Chacun sait que les humains sont dangereux; or, on trouve chez eux de la nourriture de choix. Quoique bon nombre d'odeurs qui en montent soient aussi délétères, fortes et écœurantes que celle d'une volée de sternes, les humains ont une façon de vous flanquer les aliments sous le bec de manière alléchante. À l'occasion, la brise charriait des arômes enivrants de fruits et de poissons.

Nous nous sommes arrêtés aux abords d'un nid humain bâti non loin du littoral, le temps que la volée fourrage dans l'une de leurs cachettes. Pendant que les autres fouillaient dans les ordures, Kym et moi avons pris position sur une branche.

Je me suis rendu compte que je lui avais peu parlé jusque-là. Étant donné qu'elle était seule, je lui ai demandé :

— Combien des tiens toussent encore ?

Elle a secoué la pluie de ses plumes.

— Dix, mais ils essaient de suivre.

Elle était aussi frêle que nous tous, et j'ai cru lire de la fatigue dans ses yeux.

— Tu as été prisonnière pendant longtemps. Voles-tu maintenant avec plus d'aisance ?

— Non ! a-t-elle répondu en s'esclaffant.

J'ai été un peu surpris par sa réaction. Dernièrement, notre volée n'avait guère eu l'humeur badine.

— En réalité, c'est de plus en plus pénible. Je suis plus lasse. D'ailleurs, j'en suis la première surprise : j'ai toujours adoré voler. Aujourd'hui, j'ai mal aux ailes, et la douleur irradie jusqu'à… mon foie, probablement. Je me répète que je devrais pouvoir me débrouiller, mais, à l'instar des autres, je suis exténuée à la fin de la journée.

Elle a ri une fois de plus, comme si c'était la chose la plus drôle du monde. Je me plaisais en sa compagnie.

— Pourtant, je ne t'entends jamais te plaindre.

— Et ça ne risque pas d'arriver ! a-t-elle répliqué en aiguisant ses serres contre le bois mou, charnu. Je suis au septième ciel.

Je l'ai observée pour voir si elle voulait rire.

— C'est vrai, a-t-elle lancé.

Devant ma stupéfaction, elle a poursuivi :

— Tu ne peux pas comprendre.

Elle a levé la tête, dans l'espoir, m'a-t-il semblé, de découvrir l'explication dans les branches en surplomb.

— J'avais perdu tout espoir, là-bas. Avant que vous nous libériez du nid humain, je veux dire. J'étais persuadée que j'allais finir ma vie dans ces conditions. Cloîtrée. Incapable de marcher plus loin que le bout de mon panier. J'étais sûre de ne plus jamais me percher dans un arbre, de ne plus respirer le parfum des feuilles, de ne plus les entendre murmurer sous la brise, de ne plus faire ma toilette en compagnie de mes semblables. Je ne voyais pas par quel miracle ma situation pourrait changer. Alors…

Elle s'est interrompue avant de hausser les épaules.

— Je n'arrive pas à croire que je suis ici, auprès d'autres corneilles. Chaque jour, chaque instant, chaque battement d'aile est une éternité que je n'attendais plus. Voler me fatigue, bien sûr, mais je vole, je vole !

Elle s'est tournée vers moi.

— Voilà, je pense, une façon longue et détournée de te remercier.

— Moi ? ai-je protesté, soudain plongé dans un profond embarras. Je n'en demandais pas tant.

— Je sais, a-t-elle répondu, et ça te rend encore plus admirable.

À ma connaissance, jamais encore on n'avait accolé le mot « admirable » à mon humble personne. J'ai senti une bouffée de chaleur me monter à la tête, et j'ai ouvert et fermé le bec à quelques reprises sans qu'il en sorte rien.

À ce moment précis, le vrombissement d'une grosse boîte m'a évité de sombrer tout à fait dans le ridicule. Elle s'est arrêtée. Des humains en sont sortis, puis ils ont saisi les réserves de nourriture et les ont lancées à l'arrière de leur boîte avant de se remettre en route. Les nôtres, alarmés par le vacarme et le soudain débordement d'activité, se sont élevés dans les airs et ont commencé à voler à gauche et à droite.

Avant que j'aie eu l'occasion de me repaître de quelques morceaux de choix, la boîte mobile a craché de la fumée et, dans un rugissement, s'est éloignée en emportant la nourriture. C'est avec tristesse et nostalgie que je l'ai vue disparaître. Là, j'ai entendu le même grondement, qui semblait maintenant beaucoup plus près.

En me retournant, j'ai compris que le son inquiétant émergeait du bec de Kryk. Le bruit retentissant était reproduit avec une exactitude telle que j'avais du mal à croire qu'il provenait de lui et non de l'engin mobile.

Certains humains, visiblement aussi incrédules que moi, couraient sous l'arbre en grognant et en gesticulant. Kryk les a parcourus des yeux et, au bout d'un certain temps, il les imitait, eux aussi.

— Tu es stupéfiant ! me suis-je exclamé.

Kryk se contorsionnait de plaisir. Je me suis dit qu'il n'avait pas l'habitude de recevoir des compliments.

— J'ai toujours eu le don d'imiter les bruits, a-t-il bredouillé.

— Tu en connais d'autres ? a demandé Kym.

Kryk a réfléchi un moment, puis son bec s'est ouvert et il en est sorti le «ouah! ouah! ouah!» bourru et irritant d'un petit chien qui jappe. Ont suivi le trille d'une alouette, le bourdonnement apaisant d'un colibri et le cri exaspéré d'un raton laveur. Quelques-uns des nôtres s'étaient approchés.

— Encore, encore, a réclamé quelqu'un au fond.

Tête penchée, Kryk a hésité, puis il a de nouveau ouvert le bec. Nous nous sommes figés. Kyf a dressé la tête et a promené sur nous un regard sévère.

— Quoi? Qu'est-ce que c'était?

Au silence abasourdi a succédé une salutaire salve de rires: nous savions tous à qui appartenait la voix. Nous l'avions entendue maintes fois auparavant: l'appel doux et menaçant (en partie en raison de sa douceur même) du grand-duc d'Amérique. Malgré nos rires, nous avons été parcourus par un léger frisson d'effroi.

— C'est la chose la plus terrifiante que j'aie entendue de ma vie! s'est exclamé un jeune, au comble de l'enthousiasme.

— Bah, a balbutié Kryk.

Devant les louanges, il affichait une joie presque pitoyable.

— Il y a des bruits beaucoup plus effrayants.

Puis il a produit une note stridente, déchirante. Soudain, j'ai été ramené dans le nid humain, sombre et étouffant, dans le feu qui m'agrippait la gorge et risquait de nous asphyxier. J'ai éprouvé la même effroyable peur qu'au moment où le cri aigu du nid avait retenti et où le feu avait tout consumé.

— Ça suffit ! ai-je crié, horrifié. Arrête !

— Désolé ! a immédiatement croassé Kryk.

Il s'est tu, embarrassé. Le silence était absolu.

— Par le Nid du Nid ! s'est écriée Kyf en se juchant près de lui. Tu n'as pas toute ta tête ou quoi ? Nous essayons de voler vers le sud le plus discrètement possible et toi tu…

J'ai soulevé une aile pour la calmer.

— Attends. Vous avez vu la réaction des humains ?

Chapitre 7

Le long du rivage, nous trouvions de quoi nous nourrir, mais les goélands nous importunaient de plus en plus. Bruyants et implacables, ils se comptaient par milliers. Vous vous intéressiez à un poisson échoué ? Quatre ou cinq de ces sinistres sires se posaient à côté de vous. Vous fracassiez une palourde contre un rocher ? Ils vous devançaient pour l'attraper. Si la volée descendait en force, le ciel se saturait d'ailes agitées et de cris stridents.

Je ne compte plus les fois où les goélands nous ont chassés. À chaque coup d'éclat, ils devenaient plus insistants et plus belliqueux.

Pour donner l'exemple, j'ai chipé une moule à un oiseau gras et distrait, puis j'ai dû effectuer un aller-retour jusqu'au bout du monde pour empêcher trois de ses compagnons de la récupérer. J'ai fini par l'ouvrir, et il y avait si peu à manger que je me suis senti encore plus affamé qu'avant. J'ai rejeté les restes d'un air dégoûté.

— Que faisons-nous donc de mal ? ai-je demandé en envoyant valser au loin un bout de coquillage gluant qui s'était fixé à mon aile droite.

— Rien, a répondu Kyp en secouant la tête d'un air las. Seulement, nous sommes au mauvais endroit. Sans oublier qu'il y a trop de goélands. Il est tard. Allons chercher un nid confortable à l'intérieur des terres et nous aurons le temps de fourrager.

Nous avons volé vers l'ouest jusqu'à un bosquet de chênes. Nous étions fatigués et irritables. Certains avaient cessé de tousser, mais ils demeuraient faibles. D'autres venaient d'attraper la maladie et redoutaient les jours à venir. Perché sur une branche, j'ai examiné les mornes environs et tendu l'oreille : des râles et des sifflements douloureux parcouraient les arbres.

— Je ne voudrais surtout pas donner l'impression de me plaindre, ai-je enfin commencé.

Le jugement

— Dans ce cas, je te saurais gré de t'en abstenir, a grogné Kyp.

— Est-il raisonnable de poursuivre encore vers le sud?

— Nous devons aller loin pour déjouer l'Association, a expliqué Kyp en détachant chaque syllabe, comme s'il s'adressait à un oisillon.

— J'ai déjà du mal à croire que nous soyons arrivés jusqu'ici.

Kyp a interrompu sa toilette.

— Qu'est-ce qui te tracasse?

— Ce territoire nous est totalement étranger.

— Je vous ai conduits jusqu'à cet endroit. J'ai la ferme intention de vous en sortir.

— Je ne remets pas ton autorité en question. Jamais je ne ferais une chose pareille. À part toi, qui serait assez fou pour demeurer à la tête de cette mauvaise troupe? Personne. Ce que je conteste, c'est ta capacité de me remplir l'estomac. Personne ne sait où fourrager. Toi, il te suffit du vague souvenir d'un repas pour tenir le coup. Bizarrement, j'admire ton abnégation et je t'en félicite, mais, pour ma part, je requiers un régime un peu plus régulier. Je suis plutôt du genre à avoir besoin de manger tous les jours, voire plusieurs fois par jour. Alors, dis-moi: jusqu'où irons-nous?

— Aussi loin qu'il faudra.

— Ah bon! me suis-je écrié sur un ton malicieux. Me voilà éclairé!

— Plus nous avançons vers le sud, plus il fait chaud. Moi qui pensais que tu serais fou de joie à l'idée de retrouver le temps doux. Tu as quelque chose contre la douceur, maintenant?

— Bien sûr que non. Seulement, nous sommes tellement loin de chez nous que je ne distingue plus le haut du bas. Il y a avec nous des corneilles venues d'un peu partout, et elles sont tout aussi loin de leur territoire. Nous luttons contre des goélands, des sternes, des pluviers et des créatures dont j'ignore même le nom. Je me demande quoi manger et quoi éviter. Hier, j'ai aperçu un serpent d'une taille inimaginable. La veille, j'ai vu dans l'eau une sorte de lézard qui a avalé un héron d'une seule bouchée. Jusqu'où irons-nous? Voilà tout ce que je veux savoir.

— Aussi loin qu'il faudra, a répété Kyp sur un ton glacial.

Puis il m'a fixé.

J'ai soutenu son regard, opposé le froid au froid.

— Il est difficile de discuter avec toi, lui ai-je dit au bout d'un moment.

— Je sais, a-t-il répondu sèchement.

— Très difficile.

Nous sommes restés plantés là. Quelqu'un a toussé. Le vent a soulevé mes plumes, permettant à la pluie et à l'humidité de s'engouffrer sous elles. Je les ai lissées, replacées, puis j'ai jeté un coup d'œil à Kyp. La pluie dégoulinait sur son bec et ses épaules.

— La vie était plus simple quand nous étions seulement tous les deux. Tu t'en souviens ?

— Oui.

— J'ai l'impression que c'était il y a longtemps déjà. Je t'avais pourtant averti. Dès l'instant où Kyf, Kaf et Kwaku se sont pointés et ont demandé à se joindre à nous, je t'ai prévenu que les choses deviendraient compliquées.

— Avec raison, a-t-il admis en hochant la tête.

— Aujourd'hui, cette époque te manque, non ?

— Tu as toujours été trop bavard. J'ai dû accueillir des nouveaux dans la volée. Il fallait que nous nous partagions à plusieurs la difficile tâche de t'écouter.

Il avait pris un ton léger, mais il avait l'air fatigué. J'ai vu que, au repos, il ménageait sa patte plus courte.

— Dans mon rêve, après l'incendie, ai-je enfin repris, Kwaku m'est apparu et m'a annoncé que tu aurais besoin de mon aide. Qu'est-ce que je peux faire pour toi ?

— Tu as raison d'affirmer que ce territoire est différent. Il est étrange. Par contre, si quelqu'un s'y connaît en nourriture, c'est bien toi. Les jeunes ont besoin d'être conseillés et rassurés.

— Il leur faut surtout du temps. Je ne cherche pas à jouer au plus malin. Dans les circonstances, ils ne peuvent pas, en terrain inconnu, apprendre à fourrager. Tu exiges trop d'eux. Je sais bien que nous devons aller vite. Mais la vitesse ne suffit pas.

— En cours de route, nous avons toujours trouvé à nous sustenter.

Kyf s'est laissée tomber de la haute branche où elle était perchée.

— Excusez-moi, je n'ai pas pu m'empêcher d'entendre votre conversation. Je suis au regret de lui donner raison, a-t-elle déclaré en me désignant d'un air dédaigneux. Compte tenu de la distance que nous avons parcourue et de la vitesse à laquelle nous volons, nous n'avons pas eu le temps de nous alimenter convenablement et nous avons tous perdu du poids. Quant à toi, a-t-elle ajouté en s'adressant à Kyp, tu devrais te ménager un peu. De quoi auront l'air tes plumes, lorsqu'elles repousseront enfin, si tu ne manges pas assez ?

Kyp a secoué la tête.

— Vous dites que nous volons vite, mais, franchement, c'est faux. D'éventuels poursuivants n'auraient aucun mal à nous rattraper. Erkala nous en a donné la preuve.

Au tour de Kyf de signifier son désaccord d'un geste.

— Vu son état, la volée se déplace à vive allure. On va toujours plus vite seul qu'en groupe. Et Erkala, nous le savons, est une corneille unique et déterminée.

— Nous volerions mieux le ventre plein, ai-je conclu.

— Je suis d'accord avec vous. Il vaudrait mieux manger davantage. Cependant, nous ne pouvons avaler que ce que nous trouvons, et nous avons tous les yeux grands ouverts. Nous cherchons. Quelle autre solution y a-t-il ? Il faut attendre que quelque chose se présente à nous.

J'ai jeté un coup d'œil à Kyf.

— On peut peut-être aider le sort.

Kyp s'est tourné vers moi en plissant les yeux.

— Qu'est-ce que tu as encore derrière la tête ?

Chapitre 8

Nous avons longé le littoral, puis nous nous sommes enfoncés dans une crique étroite que j'avais repérée au préalable. De part et d'autre, on voyait des humains en train de ballotter à bord de leurs boîtes flottantes. Au moment où nous survolions ceux qui étaient submergés dans l'eau et ceux qui couraient sur la rive, je me suis demandé s'il y avait une différence entre les humains qui vivent sur l'océan et ceux qui habitent sur la terre ferme. On aurait dit que les premiers étaient plus animés. À leur vue, j'ai songé aux tortues : il y a celles qui nagent, pataugent et fouillent dans les marécages, et celles qu'on aperçoit en terrain sec et qui, en gros, végètent. L'eau semble les stimuler.

Nous sommes allés jusqu'au bout de l'anse.

— Là, ai-je lancé.

Les humains avaient érigé une longue et basse structure en bois qui, pareille à un nid composé de billots empilés, s'étirait loin sur l'eau. Du côté de la terre, ils avaient bâti un perchoir large et trapu, d'où montaient et saillaient des peaux tendues et colorées. Dans l'ombre de ces dernières, ils avaient étalé divers articles tirés de leurs boîtes flottantes : des plantes grimpantes enroulées, des amon-cellements de fruits — et surtout, reposant sur des nids de glace, des monceaux de poissons luisants, alléchants.

— Il y a là une foule de richesses, ai-je expliqué à Kyp. Dans certains cas, ce sont, je suppose, des fruits ; dans d'autres, je ne sais pas... En ce qui concerne les poissons... Pas de doute possible. Ils sont bons à manger.

— À ton avis, pourquoi font-ils ça ? a demandé Kym.

Sous nos yeux, des humains déambu-laient entre les poissons et les fruits. Je m'étais laissé distraire par les visions paradisiaques et les divins arômes.

— Pardon ?

— Pourquoi est-ce qu'ils exposent leur nourriture de cette manière ? a-t-elle précisé en s'étirant le cou pour mieux voir. Ils ne la mangent pas.

J'ai une fois de plus passé en revue le riche éventail de denrées qui s'offraient à nous. Des poissons d'espèces et de tailles variées gisaient sur le flanc ou nageaient dans des récipients remplis d'eau.

— S'agirait-il d'une sorte de prière ? s'est interrogée Kym à haute voix. D'une parade nuptiale ? Certains oiseaux observent un tel rituel.

J'ai examiné les humains au milieu de leur butin.

— Je comprendrais qu'ils prient, ai-je concédé. Ils ont beaucoup à se faire pardonner. Mais pourquoi présentent-ils leur nourriture de cette façon ? Au bénéfice de qui ?

— Pour eux-mêmes ? a-t-elle risqué.

— Chaque jour ? C'est insensé.

— Ce sont des humains, Kata…

— Et ce sont les maîtres de l'absurde. Oui, je suis au courant.

— Quoique… a réfléchi Kym. Je suis sûre que ce cérémonial rime à quelque chose. Si seulement nous arrivions à comprendre…

— Ce sera pour un autre jour, a déclaré Kyp. Nous sommes tous réunis. Profitons de la lumière du jour pour arrêter un plan.

Peu de temps après, nous étions tapis dans les arbres et les broussailles bordant l'anse. Kryk était juché au sommet du perchoir trapu et tentaculaire, loin au-dessus des humains et caché à leur vue. Il avait pris position à l'embouchure d'un petit tunnel aux parois lisses, que les humains avaient façonné à l'aide d'une pierre mince. À son contact, ses serres ont produit un grattement léger. Une fois installé à son aise, il m'a fait signe.

— Prêts ? ai-je demandé.

J'ai reçu de subtils signaux des environs de la crique. Ensuite, j'ai jeté un coup d'œil à Kyp. Même manège. J'ai soulevé mes ailes et Kryk a ouvert le bec.

Soudain, un cri strident a retenti, et j'ai frissonné. J'ai compris que Kyp et Kym étaient pareillement perturbés. Seule Erkala semblait insensible.

Si nous étions bouleversés, les humains, eux, ont littéralement perdu la tête. Ils ont bondi, se sont mis à courir à gauche et à droite. Ils s'attroupaient, poussaient des cris, regardaient un peu partout et recommençaient à courir. Ils se montraient du doigt, s'interpellaient. Une belle pagaille, en somme.

Soudain, un autre bruit a fendu l'air. Je me suis tourné vers Kyp, qui m'a appris que c'était la contribution de Kym. Elle lui avait confié être en mesure d'imiter le son des boîtes mobiles coiffées de lumières tournoyantes. Ce bruit affectait particulièrement les humains.

Une chose est sûre, ceux-ci, déjà effrayés par le premier bruit, n'ont plus tenu. Ils ont fui leur nid en courant et se sont piétinés au passage. Peu de temps après, les lieux étaient déserts.

J'ai regardé Kyp du coin de l'œil.

— On passe à table ? lui ai-je demandé.

Il a opiné du bonnet et appelé les autres. Puis nous nous sommes tous engouffrés dans le nid.

L'intérieur était sombre et caverneux. Des poissons étaient étalés sur des surfaces planes, empilés ou plongés dans des mares aux eaux scintillantes. Quel choix ! Par la Corneille suprême dans son Nid, il y en avait de tailles et d'espèces infinies. Je n'aurais jamais cru que la Créatrice en avait conçu autant. Il m'a suffi d'un seul coup d'œil pour comprendre que les nôtres avaient déjà commencé à se gaver. Désemparée devant une telle manne, l'une des corneilles libérées du nid humain tournait sur elle-même, le bec ouvert. Une autre, persuadée qu'il valait mieux jeter son dévolu sur un gros poisson plutôt que sur plusieurs petits, s'était emparée d'un vivaneau deux fois plus grand qu'elle. Sur le sol, elle le tirait par la queue, tant bien que mal.

— Écoutez-moi ! a lancé Kyp au-dessus de la mêlée. On nous offre un festin à nul autre pareil ! Les humains, cependant, ne tarderont pas à revenir. Prenez ce qu'il vous faut, mais vite !

Inutile de le répéter. Chacun s'est mis en quête d'une proie à emporter. Bien que conscient de devoir me hâter, je n'ai pas su résister à la tentation. Près de moi, une montagne de calmars délicats et luisants s'était renversée par terre, me défiant de continuer tout droit. Je me suis arrêté pour en goûter un, un autre, puis un troisième pour la route. Sans doute étais-je absorbé par ma tâche, car, avant même d'avoir pu prélever mon butin, je me suis rendu compte que, ainsi que Kyp l'avait prédit, les humains revenaient. Ils n'avaient pas l'air contents. Bondissant sur ma droite, j'ai saisi un poisson lustré et glissant — un individu aux écailles rouges et à la gueule béante, presque aussi gros que moi — et je me suis envolé.

Kyp allait de gauche à droite, pressant les cousins de se dépêcher, lorsqu'un humain de grande taille, velu et visiblement en colère, a

Le jugement

surgi devant lui. Il avait les yeux exorbités.
Évaluant la situation, il s'est jeté sur Kyp,
qui a trouvé refuge sur une surface plane.
Apparemment, elle était glissante : au lieu de
décoller, il a trébuché, puis, après avoir atterri
lourdement sur la poitrine, il a dérapé, telle
une loutre ondulant le long d'une rive
boueuse. Il a bondi et s'est posé un peu plus
loin, le temps de saisir un crabe mauve entre
ses serres, puis il est revenu vers l'humain, qui
le poursuivait toujours en hululant et en agitant ses grosses pattes. C'est à ce moment que
Kyp a lâché le crabe en plein sur le visage renversé de l'humain, qui a eu l'air très étonné.

Puis, faisant un saut périlleux, Kyp a
pivoté sur lui-même et a survolé la surface où
j'avais fourragé. Il a alors tendu ses serres, le
temps d'agripper une jolie tête de poisson
jaune et bleue.

Ensuite, il a fui le nid et renoué avec les
cieux accueillants, hors de la portée des
humains. Quelle poésie, quelle démonstration
de vol, quelle prouesse ! Des premiers instants
de son évasion jusqu'à la manœuvre finale en
passant par le choix judicieux d'un crabe
comme projectile : tout y était. Spontanément,
la volée a poussé des hourras sonores et
joyeux. Nous nous sommes félicités malgré

nos becs pleins et nous avons volé, tel le vent lui-même, en égrenant des rires derrière nous. Je me suis retourné : aucun d'entre nous n'était reparti les serres vides.

Nettement plus lourds qu'à notre départ, nous avons enfin atterri dans une clairière paisible, aux abords d'un ruisseau paresseux. Pendant que chacun s'attaquait avec application à son butin, un silence satisfait est tombé.

J'ai vu Kyf et Kaf penchés d'un air heureux sur un monticule de minuscules harengs mauves et gris. Kryk avait opté pour une anguille renfermant plus d'os que de chair. Depuis quelque temps, sa cote avait tellement remonté que d'autres ont été heureux de partager leur repas avec lui. Devant de telles merveilles, Kryk bavardait gaiement avec deux ou trois corneilles. Perchée haut dans un arbre, Kym tenait dans son bec une pieuvre luisante. Erkala, qui avait déjà terminé son flet, se curait les serres et aiguisait son bec contre un rocher.

— Il y a longtemps que nous ne nous sommes pas autant régalés, ai-je déclaré entre deux becquées.

J'étais, je l'avoue, à la recherche d'un compliment. N'avais-je pas eu l'idée de cette petite excursion ?

Erkala a hoché la tête avec raideur.

— En effet, a-t-elle concédé. Un véritable festin. Seulement, les oiseaux témoins de
la scène se souviendront de la taille de notre
groupe et de notre manière de faire. Ils n'ou-
blieront pas non plus que notre Élu est un as
du vol. Autant avoir claironné sur les arbres
que nous sommes passés par ici.

Sur ces mots, elle a soulevé ses ailes et est
allée monter la garde au sommet d'un pin.

J'ai continué de manger. Rien n'aurait pu
m'en empêcher. Le poisson, cependant, avait
moins bon goût qu'avant.

Chapitre 9

J'ai omis un détail. Le voici.

Lorsque nous avons parcouru le nid et volé ces superbes poissons, je n'ai pas pu résister à l'idée de commettre un autre petit larcin. Un humain avait oublié un brillant de forme circulaire des plus alléchants, aussi mince qu'un bec de colibri, d'une rondeur parfaite et d'un éclat irrésistible. J'avais déjà choisi mon poisson, mais j'ai pris un moment pour glisser ma tête au centre de la chose et la laisser tomber sur mes épaules. En m'envolant, je frétillais de plaisir.

Évidemment, les autres ont vite remarqué mon trésor. J'ai été l'objet d'un intérêt considérable — et peut-être même d'un peu de jalousie. J'ai aussi eu droit à ma part de compliments. Force m'a toutefois été d'admettre que mon butin entravait mon vol. Son frottement m'irritait. Chaque fois que je me perchais, il s'accrochait à des brindilles et m'étranglait. Sans le vouloir, j'attirais l'attention d'oiseaux étrangers. Las de le trimballer, je me suis rendu compte que je ne pouvais pas simplement le dissimuler et le reprendre plus tard. En effet, nous n'avions pas l'intention de revenir sur notre chemin. Une corneille mieux avisée que moi aurait aussitôt mesuré le danger que l'objet en question présentait et s'en serait débarrassé illico. Remarquant mon inconfort, Kyp m'a même encouragé à me délester de mon fardeau.

Si seulement les choses avaient été si simples.

La vérité, c'est que, après avoir dérobé le brillant sur un coup de tête, sans projet bien défini, j'ai, en vol, élaboré un plan vaniteux et imprudent, si vain et si irréfléchi que j'ai eu honte d'en parler. En réalité, j'ai eu l'arrogance injustifiée d'imaginer que, le jour où Kyp nous ramènerait enfin chez nous, lorsque, au bout d'innombrables jours de vol effréné, nous nous poserions dans l'Arbre du rassemblement, on m'autoriserait à me hisser au sommet et à glisser l'anneau délicat sur la plus haute branche en guise d'offrande, de symbole des efforts et des tribulations qui avaient ponctué cet interminable voyage.

Voilà qui illustre bien la petitesse de mes rêves. Kyp, lui, s'employait à chaque instant à nous guider sains et saufs jusqu'à notre nid. Pour ma part, je me disais qu'il serait agréable d'être admiré de tous. Mais bon, on n'est pas maître de ses désirs. J'ai donc persévéré: lourd de reproches, le brillant miroitait, m'irritait la peau.

Le lendemain, au cours du cinquième sixième, j'ai vu deux des nôtres, Kyrt et Kyl, revenir vers la volée à tire-d'aile. J'ai ralenti, curieux de connaître la raison de cet empressement. Je n'ai pas eu à attendre longtemps.

— Nous avons aperçu une bande de corneilles, a haleté Kyrt en se glissant près de moi.

Kyp nous a bientôt rejoints.

— Où ça?

— Pas loin. Un peu à l'intérieur des terres.

Kyrt a gesticulé en direction de Kyl.

— Il les a reconnus.

Kyl a hoché la tête.

— Ils appartiennent à l'Association.

— Tu en es sûr? a demandé Kyp.

— Oui, a répondu Kyl. Kyup, l'un des éclaireurs que nous avons capturés, est parmi eux.

— Combien sont-ils ? ai-je voulu savoir.

— Une vingtaine.

Kyrt s'est tourné vers Kyp.

— Que faire ?

Kyp a réfléchi un moment.

— Vous êtes certains de ne pas avoir été repérés ?

— On ne nous a pas vus, a confirmé Kyrt en soulignant ses propos d'un geste de la tête.

Kyp a lissé ses plumes en réfléchissant.

— Nous sommes fatigués, a-t-il enfin conclu. Nous allons simplement nous octroyer un peu de repos et nous percher sans bruit. Là-bas.

Il désignait un petit groupe d'îlots, au-delà des brise-lames.

À notre arrivée, une fine bruine enveloppait l'île grise. Le soleil avait disparu derrière un banc de brouillard. Les vagues se fracassaient contre le rivage, et le vent s'entortillait dans les arbres en sifflant doucement. Nous nous sommes installés au milieu d'un bosquet de pins aux longues aiguilles. La nuit est tombée rapidement, pareille à une paupière géante se refermant sur l'œil du jour.

Le jugement

Le vent s'est apaisé. Dans le perchoir, presque personne ne desserrait le bec, preuve que nous étions fatigués. Au début du sixième nocturne, des voix ont retenti de l'autre côté de l'arbre.

Kyf s'est posée près de Kyp.

— Il paraît que quelqu'un a entendu quelque chose.

Il a levé la tête.

— Quoi ?

— Personne ne sait.

— Personne ne sait ? a répété Kyp, perplexe. Peut-on au moins nous décrire le bruit ?

Puis je l'ai entendu à mon tour. Dans la pluie, au-delà des arbres. Un objet qui passait tout près.

Je plissais les yeux. Évidemment, je ne voyais rien. Sans étoiles, ni lune, ni lumières humaines, l'obscurité était presque totale. À cause du ruissellement constant de la pluie sur les branches et du sifflement du vent, on ne pouvait jurer de rien.

Et pourtant… La tête inclinée, je me suis concentré.

— Là. J'ai entendu quelque chose.

— Moi aussi, a chuchoté Kyp.

Je me suis tourné vers lui.

— Qu'est-ce que c'était ?

— Je ne sais pas encore.

Tout bas, Kyp s'est adressé à Kyrt.

— Descends jusqu'en bas de l'arbre. Ordonne aux autres de rester le plus près possible du tronc. Qu'ils remontent vers le centre. S'ils se sentent trop serrés, tant mieux. Compris ?

— Oui, a répondu Kyrt en se laissant choir sur une branche basse.

Kyp s'est tourné vers Kaf.

— Tu te charges du haut de l'arbre.

Sans un mot, Kaf a déployé ses ailes et, en colimaçon, il est monté.

Nous tendions l'oreille. Kyp avançait la tête.

— Là, a-t-il murmuré en percevant de nouveau le bruit.

J'ai opiné du bonnet. Il y a eu un autre mouvement, juste au-delà des branches.

Soudain, des voix ont retenti au pied du pin. Kyrt était de retour, les plumes hérissées.

— Et alors ? a demandé Kyp.

— On a trouvé un cadavre, a-t-il soufflé. Au pied de l'arbre.

— Qui ? a demandé Kyp.

— Nous ne savons pas.

Il a avalé.

— Impossible à dire.

— Comment ça ? ai-je lancé. Dans quel état est donc la dépouille ?

Kyrt a baissé le ton.

— On lui a arraché la tête.

Kyp s'est rapproché de lui.

— Je veux que tu redescendes. Dis aux autres de ne pas faire de bruit et de rester groupés, plumes contre plumes. C'est capital. Quoi qu'ils entendent, ils ne doivent pas sortir du couvert des branches. Sous aucun prétexte. File, maintenant.

Kyrt s'est envolé. Je continuais d'épier les ténèbres, l'oreille tendue.

— Un hibou.

— Exactement, a confirmé Kyp, l'air absent. Pour eux, c'est une nuit idéale.

Kaf est réapparu et je l'ai mis au courant.

Kyp m'a interrompu.

— Remonte, Kaf. Que les autres se tiennent prêts. Ils doivent se protéger mutuellement. En silence. En cas d'attaque, ils doivent intervenir immédiatement. Mais sans s'éloigner des branches. Plus loin, dans le noir, ils seront désorientés, et le hibou aura l'avantage. Dis-le-leur.

Une fois de plus, Kaf a patiemment attendu que Kyp ait terminé. Puis il a disparu.

Quelques instants plus tard, des cris stridents ont fusé. Je me suis tourné de ce côté.

— Ça vient de là-haut.

Des cris de panique. Des ailes agitées dans le noir. J'ai senti l'accablement s'emparer de moi.

— Par la Créatrice de la Créatrice, ai-je marmonné, certains des nôtres ont quitté l'arbre.

— À découvert, le hibou en cueillera autant qu'il voudra, a déclaré Kyp à voix basse.

Puis il a ouvert les ailes.

— Je vais voir ce que je peux faire.

J'ai posé une serre sur lui.

— Comme quoi, par exemple ?

— Je ne sais pas. Les obliger à regagner l'arbre.

— Dans ce cas, je t'accompagne.

— Non, a-t-il ordonné. Si d'autres s'envolent, le rapace nous repérera sans mal. Il faut que quelqu'un veille sur la volée. À moi d'y aller.

Soudain, j'ai entendu une voix retentissante s'élever au-dessus des cris de panique, cherchant à apaiser le groupe.

— Ça, c'est Kaf, a observé Kyp avant de s'élancer.

À cause de la pluie, des ténèbres et du brouillard, on n'y voyait rien ; le ressac et le vent couvraient presque nos voix.

— Silence ! a ordonné Kyp à des oisillons qui tournaient en rond.

Un éclair aveuglant a déchiré le ciel. Pendant ce bref instant, j'ai vu Kyp et Erkala figés au milieu d'un million de gouttes de pluie scintillantes. La lumière a disparu. Puis un coup de tonnerre tonitruant a retenti.

— Je t'avais pourtant dit de rester derrière, s'est exclamé Kyp en m'apercevant. Maintenant, le hibou aura beau jeu de tuer autant de corneilles qu'il le voudra : il n'y a personne pour se charger de la discipline. Retourne d'où tu viens, je t'en supplie. Persuade les autres de ne pas bouger.

— Je sais où sont allés les petits ! a crié Erkala.

Puis elle a poussé un grognement. Au même instant, j'ai senti une silhouette massive passer en vitesse et me déséquilibrer. Je me suis retourné en battant des ailes dans le noir, puis, tout près, j'ai entendu le prédateur lancer son cri de chasse.

Le ciel a une fois de plus été parcouru de zigzags. Erkala était à côté de moi. Kyp trônait au-dessus de nous, un peu sur la droite.

— Aïe ! s'est écriée Erkala. C'est sur moi que tu tapes.

Les ténèbres se sont refermées, accompagnées d'un roulement de tonnerre.

— Désolé, ai-je dit. Tu es blessée ?

— Le hibou m'a lacéré le dos, a-t-elle répondu calmement. Je me suis esquivée juste avant le coup fatal. Il volait au milieu de nous, prélevant des corneilles au passage.

— Aide-moi à appeler les autres, a crié Kyp. Guidons-les vers l'arbre. Au-delà, nous sommes impuissants. Dans ce noir maudit par la Créatrice, nous sommes perdus. Nous profiterons de la couverture des branches pour nous orienter.

Après la fulgurance des éclairs, les ténèbres semblaient encore plus épaisses. Nous volions avec précaution. Soudain, Kyp a grogné, et j'ai senti que quelqu'un l'avait heurté. Erkala a poussé un bref cri de douleur, puis elle a hurlé :

— Filez !

La foudre a frappé de nouveau. J'ai aperçu Kaf et, un peu plus bas, Kym, médusée. Puis Erkala, surmontée par la silhouette massive d'un grand-duc d'Amérique, les yeux embrasés, les serres tendues, le bec ouvert. Kyp s'est jeté sur son dos dans l'espoir de le mettre hors de combat ou de le faire fuir. La lumière a vacillé avant de s'éteindre. Ensuite, le tonnerre a étouffé nos cris.

Dans les ténèbres épaisses, j'ai senti plutôt que vu une boule tournoyante formée par les corps entremêlés d'une corneille et d'un hibou. Elle tombait en tournant sur elle-même. Des cris de douleur, des gémissements épuisés et des encouragements montaient de la masse confuse. Puis elle a produit un bruit sourd, mouillé et sinistre en s'écrasant sur le sol.

Ébahis, nous restions plantés là dans la boue et les aiguilles de pin, haletants. Pendant un bref instant, le vent a repoussé les nuages, et un rayon de lune a éclairé la scène. Horrifiés, nous avons vu la forme immense du grand-duc commencer à se redresser.

— Ne le laissez pas s'envoler ! a hurlé Kaf en se relevant.

Il avait raison, bien sûr. Tant que le grand-duc demeurait cloué au sol, nous avions l'avantage. Dès qu'il s'envolerait, il n'aurait qu'à se fondre dans l'épais rideau de la nuit et à venir nous tuer, un à un.

Nous avons donc joué au chat, mais c'était un jeu sinistre. Le hibou s'est défait de Kaf, et Erkala l'a aussitôt remplacé. Il l'a désarçonnée et je me suis à mon tour rué sur lui. Kyp et Kym m'ont suivi. Par moments, on n'arrivait pas à déterminer qui était dedans et qui était dehors. Les geignements et les cris noyaient les autres bruits. Chaque fois que l'un de nous était terrassé, un autre prenait sa place.

Puis, le calme est revenu. Seuls le rompaient le doux sifflement du vent au-dessus du sable et le tambourinement monotone de la pluie. Une silhouette sombre s'est levée. J'ai retenu mon souffle.

— C'est toi, Erkala? ai-je murmuré après un instant d'hésitation.

— Oui, a-t-elle répondu en soufflant bruyamment.

Elle avait dû recevoir un coup à la poitrine. Une autre silhouette s'est dressée à côté de moi.

— Kata? a demandé Kyp.

— Je suis juste derrière toi, ai-je répliqué.

— Kym? a-t-il lancé.

— Oui, a-t-elle croassé d'une voix tremblante et en se remettant sur ses pattes.

J'ai hurlé:

— Kaf!

Silence.

— Kaf?

Rien.

Chapitre 10

Le chagrin a son propre rythme. Le lendemain matin, nous avons consacré le premier
sixième au deuil de Kaf et des trois autres corneilles que le hibou avait emportées : Kympt,
Kyl et Keflew. Puis, pendant le deuxième
sixième, au moment où la lumière réchauffait
peu à peu les arbres, nous avons mis le cap sur
l'ouest.

Nous manquions d'entrain. Il n'y avait
pas grand-chose à dire. À mes yeux, le calme
était de circonstance. Kaf n'était pas du genre
à se perdre en vaines palabres. Jamais je ne
l'avais entendu médire de qui que ce soit. Il
ne se plaignait jamais. Il ne rouspétait jamais.
Discrètement, il faisait le nécessaire, tandis que

d'autres, moi le premier, papotaient encore. La veille, comme à son habitude, il s'était porté au secours des jeunes, sans un mot. Dès qu'il y avait une tâche à accomplir, il s'en chargeait. Pas étonnant qu'il soit mort en premier : il nous servait souvent d'éclaireur. Pas étonnant non plus qu'il soit parti rejoindre Kwaku. Ils étaient inséparables.

Ces tristes réflexions, et bien d'autres, m'ont accompagné pendant le déplacement. Nous avons survolé le détroit qui nous séparait du continent. Bientôt, nous avons laissé la côte derrière nous. Pour la première fois, la volée s'est enfoncée dans les terres jusqu'à ce que les sons et les parfums de la mer s'estompent et, enfin, disparaissent.

Kyp n'a pas donné de directives. Il n'a pas non plus motivé sa décision d'obliquer vers l'ouest. Personne n'a posé de question.

Sur la terre ferme, le brouillard demeurait épais. Après l'attaque du hibou, voler à l'aveuglette suscitait quelques inquiétudes, mais Kyf a réussi à rassurer les plus jeunes. Depuis l'évasion du nid humain, ils se fiaient de plus en plus à ses conseils.

Convaincu que Kyf préférerait être relevée de ses tâches pendant un certain temps, je me suis dirigé vers elle pour lui offrir mon aide. Fidèle à elle-même, elle avait fait montre d'une grande compétence et était parvenue à calmer les angoissés. Elle m'a lancé un regard chargé de mépris.

— Quoi ? Qu'est-ce qu'il y a ? s'est-elle écriée. Tu penses que j'ai soudain perdu mes moyens ?

— Non.

— Que je ne suis plus en mesure d'assumer mes responsabilités ?

— Ça n'a rien à voir, ai-je protesté. Tes aptitudes ne sont nullement en cause. Si je t'ai proposé mes services, ce n'est pas parce que je te crois amoindrie.

Kyf m'a dévisagé.

— Non ?

— Non. Tu es…

J'ai essayé de trouver les mots qu'il fallait pour qu'elle sache que nous comptions tous sur elle.

— … très forte. Très, très forte. Chacun le voit bien.

Elle a mis un certain temps à répondre.

— L'organisation de la volée, c'est mon affaire. D'accord ? Et je suis parvenue à convaincre les oisillons qu'il était peu probable que nous tombions de sitôt sur un hibou, même si la chose est parfaitement possible.

Dans le brouillard, je ne vois strictement rien. Mes deux frères sont morts, et je n'ai rien pu pour eux parce que je m'occupais des autres. N'est-ce pas là une grave imperfection ?

Elle a pris de l'avance. Je l'ai rappelée, mais elle m'a ignoré superbement. Je me suis aperçu que rien ne pourrait la consoler. La douleur était sans doute encore trop récente.

Comme nous étions partis tard, notre vol a été de courte durée. Pourtant, les efforts fournis au cours des jours précédents avaient laissé des traces. Une fois perchés, nous nous sommes endormis rapidement.

Mon sommeil a été agité. J'ai rêvé, je me suis réveillé, puis j'ai rêvé de nouveau. Au début du sixième nocturne, j'ai été tiré d'un songe qui jouait à répétition dans ma tête. J'étais en train de me disputer avec Kaf, et je lui disais qu'il y avait trop à faire, qu'il ne pouvait pas partir. Puis, sans que je sache comment, le rêve s'est transformé. Des corneilles se chamaillaient. Pour de vrai. J'étais réveillé, au beau milieu de la nuit. Aux limites du perchoir, deux voix étouffées s'affrontaient en duel.

— Il y a une autre solution, a soutenu la première.

— Laquelle ? a demandé la seconde.

— Nous sommes assez nombreux pour les attaquer.

La voix s'était précisée. Erkala.

— Nous ne pouvons pas courir un tel risque.

Kyp. Je l'imaginais en train de secouer la tête.

— Et maintenant ? Tu crois que nous n'en courons pas, de risque ?

— Si un seul d'entre eux venait à s'échapper... Toute l'Association se lancerait aussitôt à nos trousses.

La voix d'Erkala, déjà d'un calme olympien, est devenue glaciale.

— Dans ce cas, il faudra veiller à ce que personne ne s'évade.

— Comment ? Et nous, combien de pertes subirons-nous ? Les anciens prisonniers des humains ont à peine la force de voler. Ils ne seront pas en mesure de se battre. Quant aux autres, ils manquent d'expérience. Combien d'entre eux seront blessés ? Et ensuite ? Devrons-nous affronter toutes les bandes que nous croiserons sur notre route ? Mon intention est de nous tirer de là et d'offrir un nouveau départ à ceux qui ont choisi de me suivre. Si je perds des corneilles et que je rentre au bercail en compagnie de blessés et d'estropiés, j'aurai échoué.

— Nous avons un long chemin à parcourir. C'est ce qui est susceptible d'arriver, peu importe ce que tu décideras.

Je me suis avancé sur la branche pour mieux saisir leurs paroles, mais ils ont dû m'entendre, car leurs voix se sont tues. L'un a réduit l'autre au silence, et je n'en ai pas appris davantage.

Chapitre 11

Tôt le lendemain matin, un bruit m'a tiré du sommeil. J'ai d'abord cru que Kyp et Erkala avaient recommencé à se disputer. Au moment où j'ouvrais les yeux, j'ai perçu le même son. Haut dans la vallée, une plainte diffuse rompait le silence, puis elle s'amplifiait avant de s'achever dans une sorte de crachotement humide, poussif. Kyf s'est laissée tomber près de moi.

— À ton avis, qu'est-ce que c'est ? a-t-elle demandé.

— Tu veux le fond de ma pensée ? ai-je grommelé. J'en ai ras le bol de ce brouillard. On ne voit rien. On ne comprend rien. Depuis combien de temps est-ce qu'il dure, ce bruit ?

— Aucune idée. Je l'ai entendu un peu plus tôt à deux ou trois reprises. Il est inter-mittent.

Et voilà que, de nouveau, il traversait la brume tourbillonnante, montait et se brisait, comme s'il avait pris naissance loin sous les profondeurs de l'eau.

— Aucun doute possible, il y a là-bas une créature.

Kyp, campé sur une branche au-dessus de la mienne, était intervenu.

— Oui, mais quoi ? s'est informée Kyf. Un hibou ?

— Non, a observé Kyp. Pas ça.

— À moins qu'il ne s'agisse d'un hibou d'une espèce différente, l'a corrigé Kym, qui, entre-temps, était venue se joindre à nous.

— Si loin de chez soi, on peut imaginer presque n'importe quoi, a déclaré Kyrt en se posant près de Kyf.

Le bruit nous perturbait.

— Le territoire n'y est peut-être pour rien, a-t-il ajouté.

Nous nous sommes tournés vers lui.

— Que veux-tu insinuer ? a demandé Kyp.

— Certains chuchotent que nous sommes suivis par des fantômes, a-t-il confessé. Les esprits des morts de la peste.

— Pourquoi des spectres se donneraient-ils une telle peine ? a grogné Erkala.

Elle s'était perchée à côté de moi sans un bruit.

— Ils sont en colère. C'est ce que certains prétendent, a expliqué Kyrt. Ils nous en veulent de ne pas avoir rejoint la Créatrice comme eux.

— C'est absurde, a tranché Kym, même s'il nous arrive à tous de nous faire cette réflexion.

J'ai plissé les yeux dans le brouillard. Le son montait et redescendait. On aurait dit qu'il provenait d'une gorge irritée.

— Quel genre de fantômes auraient le cran de nous suivre ? ai-je lancé. Nous volons tellement… Je me suis laissé dire que les spectres ont droit à un peu de repos.

— Et moi, a riposté Kyp en tendant l'oreille, je me suis laissé dire que les morts se plaignaient moins que les vivants.

— Évidemment. Ils sont morts, après tout. Ceux d'entre nous qui sommes encore en vie, cependant…

Kyf m'a coupé la parole en secouant la tête, visiblement en proie à la frustration.

— Et si c'était l'Association ?

— L'Association ? a répété Erkala.

Elle a fait claquer son bec d'un air dédaigneux.

— Cette voix rappelle celle des corneilles, d'accord. En revanche, je doute que l'Association, à supposer qu'elle se pointe un jour, s'annonce de la sorte.

— Qu'il s'agisse d'une corneille ou d'un fantôme, une chose demeure, a lancé Kyf au bout d'un moment. Je n'y comprends rien, à ce raffut.

Elle s'est tournée vers Kym.

— Et toi ? Tu as la bosse des accents.

Nous nous sommes concentrés. Une toux sifflante a déchiré le silence, puis la voix haletante de Kryk a retenti.

— Désolé !

Soudain, Kym s'est élancée vers un buisson situé un peu plus bas dans la vallée. Le soleil émergeait peu à peu du brouillard, découpant de longues ombres échancrées, pareilles à d'immenses serres orange se faufilant entre les arbres.

— J'ai l'impression, a lentement déclaré Kym, qu'il s'agit surtout… de jurons.

Et elle avait raison. À la réflexion, c'était évident. Au milieu des crescendos et des decrescendos de la voix, il était possible, à condition de tendre l'oreille, de saisir une grossièreté bien sentie au milieu d'un long enchaînement de mots agglutinés.

— Nous n'en aurons pas le cœur net en restant ici, a tranché Kyp. Emmène la volée vers le sud-ouest, Kyf. Si nous ne vous rejoignons pas bien vite, c'est que nous aurons eu des ennuis. Revenez alors sur vos pas. Rendez-vous sur la colline au sycomore maigrelet.

Après nous avoir gratifiés d'un signe de tête, Kyf est allée trouver les siens.

Nous avons survolé avec précaution la rivière sinueuse. Le long du rivage, des arbres penchés s'affaissaient. Une tortue a plongé du haut d'une pierre plate avant de disparaître sous l'eau. Au-dessus de la surface, la bruine s'enroulait sur elle-même, dérivait, puis s'élevait en colonnes duveteuses. La voix — ou les voix — était de plus en plus forte.

Puis, tandis que nous frôlions les joncs au milieu des roseaux, il y a eu des bruits d'éclaboussures et une longue suite d'imprécations brûlantes.

— Par la Créatrice de la Créatrice, je suis… s'est exclamée la voix.

Puis elle s'est perdue dans une sorte de glouglou avant de retentir de nouveau.

— Nom d'une mite de nid, a-t-elle explosé, féroce, n'y a-t-il donc personne qui possède le sens de l'ouïe ?

Nouvelle salve d'invectives.

J'avais beau examiner la végétation, je ne voyais rien. Du plus profond des hautes herbes et des broussailles détrempées est monté une sorte de lourd halètement. Nous nous sommes posés le plus silencieusement possible, puis, en pataugeant, nous nous sommes dirigés vers la gauche. L'eau gris-vert, couverte d'écume, nous léchait le ventre, et une boue lisse s'infiltrait entre nos serres.

— Attention aux serpents, nous a prévenus Erkala. C'est le genre d'endroit qu'ils affectionnent.

— Vous en voulez encore ? Je vais vous en donner, moi ! s'est écriée la voix, fulminante.

Nous y étions presque.

— Vous croyez que je tremble devant vous ? Par la couvée de la première couvée, je n'ai pas plus peur de vous que de la bande de voyous que vous m'avez envoyée.

Il y a ensuite eu une pluie de coups violents et une nouvelle suite de jurons.

— Si c'est un fantôme, a réfléchi Kym, il possède… un riche vocabulaire. Il arrive à caser dans une seule phrase plus de gros mots que n'en prononcent certaines corneilles pendant toute une vie.

Kyrt s'est perché dans un arbre surmontant la vallée pour veiller sur notre petite expédition. Deux corneilles mortes gisaient sur le rivage. J'ai pivoté vers Kyp. Puis, écartant les hautes herbes devant nous, j'ai, avec mille précautions, regardé sous une souche à moitié submergée.

Là, je l'ai aperçu. C'était un mâle corpulent et vieux, en piteux état. Plus de la moitié de son corps était enfoncée dans l'argile épaisse et collante. Il saignait. Un de ses yeux, blessé et enflé, coulait. Quelques-unes de ses plumes maîtresses manquaient ou avaient été abîmées. Sur son cou, une autre coupure en forme de boucle avait laissé une vilaine balafre rouge vif. Il était coincé sous le tronc affalé, la nuque tournée dans un angle improbable, et il avait du mal à garder son bec hors de la fange. Je me suis penché et il a posé sur moi son unique œil ouvert.

— Bon vent, ai-je dit.

En guise de réponse, il a lancé une nouvelle salve d'invectives et fixé sur moi le même œil injecté de sang.

— Qui, au nom de la Créatrice, t'envoie? a-t-il demandé sèchement.

— Moi? Personne.

— Dans ce cas, puis-je savoir ce que tu viens faire ici?

Kyp s'est avancé.

— Nous sommes venus voir quelle était la cause de pareils écarts de langage.

L'autre est une fois de plus entré en éruption : en vain, il a battu des ailes et laissé pleuvoir des gros mots avant de s'effondrer dans la vase. Puis, comme si une idée lui était soudainement venue, il a soulevé la tête avec peine, pantelant :

— Vous n'appartenez donc pas à cette vile Association rongée par les mites ?

Là, il a eu droit à toute notre attention. Nous nous sommes mutuellement regardés.

— Non, a affirmé Kyp.

— Ah, a grommelé le vieil oiseau, dont l'humeur a semblé s'améliorer radicalement. C'est différent, dans ce cas. Bon vent !

— Que le vent gonfle tes ailes, a répondu Kyp.

La formule, bien que conforme à l'étiquette, semblait, dans les circonstances, plutôt mal choisie.

— Qu'est-ce que tu regardes, mon garçon ? a aboyé le vieux dans ma direction.

Chassez le naturel et il revient au galop.

— Tu n'as donc jamais vu de corneille au lendemain d'un combat ?

— Vous avez besoin d'aide ? a demandé Kym d'un ton hésitant.

Le jugement

— Et comment ! a-t-il rugi. Tu crois vraiment que j'ai envie de rester dans cette soupe immonde, à la merci des serpents et des tortues qui menacent de me plumer vivant ? Nom d'une crotte de hibou, pourquoi pensez-vous que je m'égosille depuis que je vous ai entendus ?

— Que pouvons-nous faire ? a voulu savoir Kyp.

— Vous pourriez déjà me débarrasser de cette branche souillée par les visons. Je me battais ici, en bas, quand cette chose rongée par les mites s'est détachée de l'encoche rongée par les mites dans laquelle elle était enfoncée. Même que les deux lascars là-bas y ont laissé leur peau. Quant à moi, elle a bien failli me casser le dos. Je n'ai pas réussi à me dégager.

Kyp s'est accroupi. Après s'être frayé un chemin parmi les joncs et les mauvaises herbes, il a pris la branche dans son bec et a commencé à tirer. Pour ma part, j'ai passé ma tête dessous et j'ai tenté de la relever.

— Voilà, a haleté la vieille corneille. Encore un petit coup, voulez-vous ?

Il a levé les yeux.

— Vous allez devoir vous forcer un peu plus, les garçons. Toutefois, vous auriez peut-être intérêt à vous méfier, a-t-il ajouté. D'autres branches risquent de se détacher.

J'ai jeté un coup d'œil à Kyp qui, solidement arc-bouté, s'est contenté de tirer plus fort.

— Bravo! a grogné l'autre. Je l'ai sentie bouger. Encore un peu!

Le vieux grattait la boue, battait des ailes.

— Allons, ça y est presque, a-t-il ahané.

Kyp a soulevé la tête, les muscles du cou en pleine extension. J'ai poussé plus fort. La branche entamait la chair de mes épaules. Le vieux se débattait furieusement, nous aspergeait de vase. Puis, soudain, il a réussi à se sortir de sa fâcheuse position.

— Ah! enfin! s'est-il exclamé, triomphant. Victoire!

Il gisait sur l'herbe, haletant. Il gémissait, étirait ses ailes. Puis il a tourné son bec vers sa patte droite et a commencé à la mordiller comme un fou.

— Par la Créatrice de la Créatrice, voilà des jours que j'ai des démangeaisons sans pouvoir me gratter!

Ce n'est qu'alors que j'ai aperçu le corps d'une troisième corneille.

— Celui-là, a affirmé le vieux d'un air satisfait, c'est moi qui lui ai réglé son compte.

Sans crier gare, il a agité ses ailes avec vigueur, envoyant des éclats de boue séchée et des bouts de roseaux à gauche et à droite. Il s'est soulevé de terre pour se reposer aussitôt.

— Ouf ! Elles fonctionnent encore. On peut dire que vous en avez mis du temps, mes colibris. Depuis que je vous ai entendus nicher, hier soir, j'attends que l'un de vous vienne faire un tour de ce côté.

— Nous aurions sûrement accouru plus tôt, a expliqué Kym. Seulement, vous ne donniez pas exactement l'impression de demander de l'aide.

— Ah bon ? Non, peut-être pas.

Il a eu un petit rire sec.

— J'ignorais à qui j'avais affaire, n'est-ce pas ? J'étais un tantinet désespéré. Coincé sous une souche. À moitié noyé. Au point où j'en étais, je me fichais de savoir qui vous étiez. Soit je vous accueillerais et je vous prierais de me secourir, soit je me défendrais. Je ne tenais pas particulièrement à baigner dans la fange jusqu'à ce qu'une créature munie de dents et d'écailles me transforme en collation.

Il a fixé sur moi son œil ouvert.

— Quelle sorte d'ornement portes-tu donc autour du cou ?

— Je l'ai chipé à des humains insouciants. Pour ma protection, ai-je expliqué.

Ce n'était pas à proprement parler un mensonge puisque, m'avait-il semblé, un des coups du hibou avait atterri dessus. J'ai vite changé de sujet.

— Comment vous êtes-vous retrouvé face à ces trois-là ? ai-je demandé en montrant les cadavres du bout de l'aile.

Non sans difficulté, il s'est hissé sur une branche basse, dans un buisson voisin. Il a pris le temps de lisser ses plumes.

— Il y a un an, je volais en compagnie d'autres corneilles âgées. La peste s'est abattue sur nous, telles les mouches noires sur une plaie vive. Sale époque. Catastrophique. La peste s'est attaquée à nous comme un faucon à un bébé moineau. Quand elle a enfin été rassasiée, j'étais le seul survivant. J'ai volé en solitaire pendant un moment. Je me disais que je trouverais une volée avant l'hiver. Puis je suis tombé sur une bande de corneilles, toutes de grande taille. Elles appartenaient, m'ont-elles appris, à une volée beaucoup plus imposante. Je croyais qu'il s'agissait simplement de voyager et de fourrager ensemble, de veiller les uns sur les autres. Non, pourtant. Elles avaient des « règles ». Cette Association, ainsi qu'elle se fait appeler, vous dicte votre conduite et…

J'ai échangé un regard avec Kyp.

— Vous en avez entendu parler? s'est informé le vieux.

— Nous avons croisé son chemin.

— Ah bon?

À sa façon de prononcer les mots, j'ai compris qu'il s'imaginait sans mal la rencontre.

— J'ai eu cet honneur, moi aussi. Plus que j'en demandais, en réalité. Ils m'ont abreuvé de sornettes, des pires blasphèmes que j'aie entendus de ma vie. Du vrai caca de belette. C'était si compliqué que je n'aurais rien compris, même si je l'avais voulu. Selon l'un d'eux, leur Élu saurait mieux m'expliquer. Non, merci, ai-je répliqué. J'ai mes propres convictions. Ma réponse ne leur a pas plu. Ils ont chargé ces trois gros durs à cuire de me remettre dans le droit chemin. Ils m'ont emmené faire un tour. Ils croyaient me mater facilement, mais j'ai moi-même quelques tours dans mon sac. J'ai glissé mon postérieur sous cette souche. De cette manière, je pouvais les affronter un à un. Impossible de m'attaquer par les flancs ni par le haut. Mon plan a bien marché. Puis une branche s'est détachée et m'a assommé. À mon réveil, j'étais prisonnier comme un ours dans un trou de blaireau.

— Vous êtes grièvement blessé ? s'est inquiété Kyp.

— Tu veux rire ? À peine quelques ecchymoses. Si j'avais été un peu plus jeune et un peu moins incommodé par un dos en compote, des ailes meurtries et une vue basse, j'aurais peut-être réussi à renverser la vapeur. Mais je serai prêt à voler dès que tu en donneras l'ordre.

— Vous voulez nous accompagner ?

En entendant la question, j'ai été renversé par les mauvaises manières de celui qui l'avait posée, et plus encore quand j'ai compris que c'était moi, le coupable.

La tête inclinée, le vieux m'a étudié.

— Je ne vais quand même pas voler seul, non ? Atteint de toutes parts, les ailes amochées ? Aussi bien appeler un hibou, me coucher sur le dos et m'offrir en sacrifice.

— Vous êtes le bienvenu parmi nous, a déclaré Kyp.

Marché conclu, apparemment. Peu de temps après, en effet, nous sommes partis rejoindre le reste de la volée.

— Qui est l'Élu de cette troupe ? a demandé l'Ancien, au moment où nous nous élevions au-dessus des arbres.

— Moi, a répondu Kyp.

— Toi ?

L'étranger a tourné la tête pour mieux examiner Kyp de son bon œil.

— Tu ne serais pas un peu jeune ? Et celui-là, qui c'est ? s'est-il informé en pivotant vers moi.

— Katakata. Moi, c'est Kyp.

— Bon vent, ai-je lancé.

Il a marmonné quelque chose. Peut-être « Bon vent », même s'il s'agit d'une interprétation charitable. C'était sans doute un simple grognement.

— Quel âge a-t-il ? Un an, deux ans ?

Il a examiné la volée d'un air dubitatif.

— Il n'y a donc que des oisillons, chez vous ? Rien que des jeunots, ou peu s'en faut ?

Je lui ai jeté un regard de côté.

— J'ai six ans, ai-je déclaré avec raideur.

Il m'a examiné, puis il s'est adressé à Kyp.

— Il n'est pas bien gros pour une corneille de six ans, a-t-il grommelé.

Il a reluqué le brillant que je portais autour du cou et la pie qui nous accompagnait depuis l'incendie du nid humain. Puis il a longuement détaillé Erkala et les taches blanc vif qu'elle avait aux épaules. Il a secoué la tête.

— Par la Créatrice de la Créatrice, je suis tombé sur un nid complètement piqué des vers. Je m'en rends compte, maintenant.

J'étais sur le point de lui répondre que nous nous étions montrés largement assez solides pour tirer d'embarras sa carcasse miteuse quand Kyp m'a ordonné de voler en renfort. En obliquant vers la gauche, j'ai entendu l'Ancien maugréer :

— Des pies, des corneilles qui n'en sont pas et des oisillons pour monter la garde ! Au nom de la Créatrice dans son arbre, mieux vaut ouvrir l'œil, et le bon ! Si nous rencontrons une nuée de moucherons malveillants, nous risquons de passer un mauvais quart d'heure !

Chapitre 12

C'est ainsi que Kuru ru Kykata ru Kolk s'est joint à nous.

Il était plus âgé que nous tous et plus grièvement blessé que nous l'avions d'abord cru. Sans admettre qu'il était au supplice, il volait lentement, gémissait, cherchait à ménager ses ailes et jurait presque sans arrêt. Lorsque nous nous perchions ou que nous nous arrêtions pour fourrager, il se lavait délicatement, extrayait des débris de ses blessures, soignait ses plaies et faisait roussir les plumes des corneilles qui l'entouraient à grands coups de blasphèmes enflammés.

Il s'est vite rendu impopulaire. Il avait des opinions tranchées sur tout, ou presque, et ne se privait pas de les exprimer. Il était à la fois brusque, vulgaire et dévot. Pendant le quatrième sixième de sa troisième journée parmi nous, il s'est glissé près de Kyp et de moi. Sans crier gare, il a décrété :

— C'est l'heure de la prière.

— Pardon ? ai-je demandé.

— C'est l'heure de la prière, a-t-il répété. Nous avons volé pendant toute la sale journée et nous avons mangé. Il faut rendre grâce.

— Ce genre de décision revient à l'Élu. À lui de choisir le lieu et le moment où…

— Ça va, m'a interrompu Kyp en désignant un arbre. Nous pouvons nous arrêter là.

Alors que nous nous posions, Erkala s'est perchée près de Kyp.

— Pourquoi cette halte ?

— Nous nous plions à la requête de notre hôte distingué, ai-je expliqué en désignant Kuru d'un geste de la tête. Il paraît qu'il faut prier.

— Quoi ?

— Regardez-le, a calmement dit Kyp en nous entraînant vers des arbres voisins.

Il a montré Kuru, affalé sur une branche, les yeux fermés.

— Il est exténué.

— Si nous ne profitons pas du vent, a prévenu Erkala, l'Association nous rattrapera.

— Dans la vallée, nous avons eu droit à une bonne brise.

Erkala a ronchonné.

— Tu crois que l'Association va interrompre sa progression pour prier, qu'elle n'a pas bénéficié des mêmes conditions favorables que nous ?

— Est-il sage d'accueillir un blessé dans nos rangs quand on est si pressés ? s'est enquise une voix.

En baissant les yeux, j'ai constaté que c'était celle de Kymnyt, une des corneilles de la bande de Kym. Âgée de douze ans, elle jouissait d'un respect considérable parmi les anciens prisonniers, qui voyaient en elle une figure d'autorité.

D'autres se rapprochaient pour écouter la conversation. D'un mouvement de la queue, Kymnyt a désigné Kuru, absorbé dans ses « prières » :

— Le nouveau est un boulet.

— C'est un Ancien, a raisonné Kyp. Les volées ont beaucoup à tirer de la présence de corneilles plus âgées.

— Il nous porte malchance, a rétorqué Kymnyt en agitant la queue une fois de plus.

Je me suis demandé si c'était un tic nerveux qu'elle avait contracté en captivité ou si elle en avait toujours souffert.

— Lui et l'autre, celui qui crie toutes les nuits, a ajouté quelqu'un.

— Ce ne sont pas les problèmes qui manquent ! s'est exclamée une corneille juchée sur une branche basse. Nous sommes fatigués. À voler comme nous le faisons… on en perd le nord.

— Nous n'avons pas la paix, nous ne volons pas selon les règles, a poursuivi Kymnyt.

Certains hochaient la tête en signe d'assentiment, et j'ai compris que Kymnyt exprimait le point de vue d'un grand nombre de membres de cette délégation improvisée.

— Nous ne connaissons pas le territoire. Nous changeons quotidiennement de perchoir, a protesté un autre. Et voilà que nous accueillons un nouveau.

— C'est contraire aux usages séculaires, a lancé Kykyru, camarade de Kymnyt. Voyager, voyager sans fin. Quand nous arrêterons-nous ?

— Peut-être devrions-nous discuter avec les corneilles qui nous talonnent, a suggéré Kymnyt.

— Exactement, ont répliqué quelques voix.

— Que veux-tu dire ? a demandé Kyp.

— Nos poursuivants n'appartiennent peut-être pas à l'Association, a continué Kymnyt. Comment pouvons-nous en être sûrs ?

— Je les ai vus, s'est exclamé Kyrt. De mes propres yeux.

— Pendant combien de temps ? a riposté Kymnyt sans se démonter. Un instant ? Même pas. Tu t'es hâté de rentrer pour nous communiquer la nouvelle. Tu t'es peut-être trompé.

— Et Kyl ? a demandé Kyrt. Il les a reconnus.

— Kyl n'est plus avec nous, a répondu Kymnyt. Le hibou l'a emporté. Paix à son ombre. Seule la Créatrice sait ce qu'il a vu.

— D'accord, a laissé tomber Kyp en promenant son regard sur les visages assemblés. Qu'en penses-tu, Kata ?

— J'en ai assez de voler, moi aussi. Tout le monde est au courant. Personne n'apprécie le repos et la nourriture plus que moi. Mais si tu es d'avis qu'il faut continuer, je pense comme toi.

Kyp s'est tourné vers Erkala.

— Et toi ?

— Tu es l'Élu de la volée, a-t-elle simplement répliqué. Pourquoi poser la question ?

À cet instant, j'ai mesuré l'ampleur de la division dans nos rangs. Parmi les opposants, nombreux étaient ceux qui avaient été libérés du nid humain.

Nous avons soudain été interrompus par une voix graveleuse.

— C'est un conseil?

En nous retournant, nous avons aperçu Kuru. Il soignait une de ses ailes.

— Nous discutions simplement de la direction à prendre, a expliqué Kyp. Il ne s'agit pas à proprement parler d'un conseil.

— Tiens, j'aurais cru le contraire. Eux posent des questions, a-t-il raisonné en montrant la délégation, et toi, tu réponds. Vous aurez beau prétendre qu'un huard est un geai, ça ne l'empêchera pas de pêcher. Vous ne pensez pas qu'il faudrait inviter les Anciens à siéger au conseil? Je regarde autour de moi, a-t-il poursuivi en joignant le geste à la parole, et j'ai le sentiment d'être le seul à correspondre à ce signalement. J'ai trente-cinq ans. Qui dit mieux?

Silence.

— Quelqu'un?

— Bien sûr, nous sommes disposés à écouter votre point de vue… a déclaré Kyp.

Puis il a ajouté, gauchement, le titre honorifique:

— … mon oncle.

— Ah bon ? s'est exclamé Kuru en renversant la tête pour mieux toiser le conseil par-dessus son bec. Vraiment ? Eh bien, dans ce cas, j'ai effectivement une opinion. Je ne suis pas certain d'avoir tout compris, mais je vais vous résumer ce que j'ai retenu. Quelques-uns d'entre vous sont d'avis que je ralentis la volée. Vous n'ignorez pourtant pas les propos que la Créatrice a tenus à la Corneille suprême. Les ailes, les pattes et les nageoires ne suffisent pas. Le destin se manifeste sans crier gare. Pas moyen d'y échapper. Ce qui me frappe, en l'occurrence, c'est que nous avons moins besoin de vitesse que de lucidité. Vous croyez possible de négocier avec l'Association, de conclure un accord avec elle ? De la crotte de hibou, purement et simplement. Ces corneilles-là n'ont aucun désir de parlementer avec vous. Pensez-vous que c'était pour discuter qu'elles m'ont arrangé le portrait ?

Il s'est tourné pour montrer la cicatrice sur son cou.

— Quant à l'idée de leur livrer bataille… Encore du caca de hibou ! Votre bande de jolis cœurs n'aurait même pas réussi à tenir tête à ceux que j'ai terrassés de mes propres serres ! Si les autres sont aussi nombreux que vous l'affirmez, une seule solution s'offre à vous: rester devant, hors d'atteinte. À votre place, je ne moisirais pas ici. Il paraît que le reste de la volée est en route.

Là, il a eu notre attention pleine et entière.

— Bien sûr que oui. L'Association au grand complet. N'est-ce pas ce que m'ont appris mes assaillants? L'Élu, le Recruteur, si vous préférez, arrive. Et je doute qu'il se déplace seul. Je me trompe peut-être, remarquez. Je n'ai pas posé de questions. Vous n'avez pas intérêt à le faire, vous non plus.

— On ne peut quand même pas nous demander de voler chaque jour, a protesté Kymnyt.

— Ah bon?

La tête inclinée, Kuru l'a dévisagée froidement.

— Et pourquoi pas, je te prie?

— Vous ne savez rien de ce que nous avons vécu. Vous n'avez aucune idée de la distance que nous avons déjà parcourue, a-t-elle expliqué. Nous ne pouvons pas continuer sans relâche, jour après jour.

— Pourquoi pas? On se lève quand il le faut et on vole de même. Le jour où vous n'en êtes plus capable… Eh bien, vous devenez de la pâtée pour les charognards. Le lendemain, le vent disperse la poussière. C'est trop dur, vous croyez ? Eh bien, mes pauvres petits oisillons déplumés, qui donc vous a promis une vie facile ? Hein ? Qui vous a dit que vous pourriez vous reposer quand bon vous semblerait ? Croyez-vous que vos difficultés passées excluent la possibilité de nouveaux ennuis ? Par la Créatrice dans son Nid, vous ne parvenez même pas à répondre aux questions les plus élémentaires.

Penchant la tête de nouveau, Kuru a fixé Kymnyt avec intensité.

— Sais-tu seulement ce qu'est un arbre ?

Kymnyt l'a regardé d'un air ahuri.

— Je te le demande.

— Qu'est-ce que vous me chantez là ? s'est écriée Kymnyt, désemparée.

— Je te pose une simple question. Qu'est-ce qu'un arbre ?

— Je ne vois pas à quoi rime cette… a-t-elle bredouillé.

— Tu ne saisis pas ? Laisse-moi reformuler.

Kuru a agité une aile.

— Ce qu'on aperçoit là-bas, c'est un arbre, non ?

La queue de Kymnyt tressautait.

— Oui.

— Eh bien ? a lancé Kuru, impatient.

— Vous voulez savoir de quelle espèce il s'agit ?

— Je te demande, le plus simplement du monde, a repris Kuru en montant la voix d'un cran, ce qu'est un arbre. Tu connais forcément la réponse. Ce n'est pas si difficile.

— C'est une plante de très grande taille, a commencé Kymnyt. Elle est pourvue de branches. Nous nous en servons comme perchoir.

Kuru a ri.

— Nulle, a-t-il conclu en secouant la tête. Complètement nulle. Autant demander à une pierre de cueillir des petits fruits.

À l'entendre proférer son jugement avec un plaisir évident, j'ai peut-être rigolé un peu. Grave erreur. Lentement, Kuru m'a examiné de la tête aux pattes.

— Et toi ? a-t-il aboyé. Tu trouves ça drôle ? Et alors ?

— Alors quoi ? ai-je rétorqué, les plumes hérissées.

— Tu sais donc ce qu'est un arbre ?

J'ai tenté de l'ignorer, mais Kuru ne se laissait pas snober facilement.

— Ta réponse ?

— Un arbre, ai-je explosé, est une plante des plus utiles. Nous nichons et nous dormons dedans. Qu'y a-t-il d'autre à ajouter ?

— Ha ! s'est-il exclamé d'un ton dédaigneux. En plein ce que je disais. Nul, nul, nul. Bon, tant pis. Je viens d'arriver. Rien ne vous oblige à m'écouter. Nichez, reposez-vous, attendez tranquillement l'Association. Je suis sûr que vous trouverez là une oreille sympathique. Quant à moi, j'ai prié, et j'espère que vous m'avez imité. J'ai l'impression que pour certains d'entre vous, ça s'impose. Quoi qu'il en soit, je suis fin prêt à faire encore un bout de chemin, si tel est le souhait de notre Élu.

Le conseil, qui n'en était pas un, a pris fin peu de temps après. Pas besoin d'avoir inventé la poudre pour savoir dans quelle direction le vent avait soufflé. Nous avons volé jusqu'à la tombée de la nuit, puis nous avons fondu sur un perchoir et nous nous sommes endormis avant même d'avoir replié nos ailes.

Chapitre 13

— Quoi ?

Kryk s'est réveillé en sursaut. L'air était frais. Il s'est secoué, et des gouttes de rosée sont tombées de ses plumes. Il était, comme à son habitude, perché à une certaine distance du reste de la volée.

Dans l'obscurité, une silhouette s'est approchée de lui. La lune miroitait sur son front et ses épaules.

— Tu as encore crié, a murmuré Kym.

— Désolé, a répondu Kryk en se hissant sur ses serres. J'ai dérangé quelqu'un ?

Au lieu de répondre, Kym s'est posée sur la branche. On aurait juré que réveiller un compagnon au beau milieu de la nuit pour lui faire un brin de conversation était la chose la plus naturelle du monde.

— Certains membres de la volée m'ont parlé de toi, a-t-elle enfin déclaré. Ils sont préoccupés. Pas seulement pour cette nuit. Il paraît que c'est chaque fois pareil.

— Tout le monde rêve… a commencé Kryk.

— Ils m'ont dit, a-t-elle poursuivi, que tu tiens la plupart du temps des propos incompréhensibles, mais que tu répètes toujours : «Cessez de me regarder. »

— Et j'en suis désolé, a lancé Kryk en balayant les branches du regard. Seulement, on n'est pas maître de ses songes…

— Que signifie «Cessez de me regarder»? À qui t'adresses-tu?

— Je ne sais pas, a répondu Kryk. Je ne m'en souviens pas.

— Voilà en partie ce qui inquiète les autres, a expliqué Kym. Tu prétends ne rien te rappeler…

— C'est la vérité.

— … nuit après nuit.

— Je n'y suis pour rien. J'essaie de dormir. Je n'ai pas l'intention de vous réveiller. Je tente de me retenir de crier, mais il n'y a rien à faire, et personne ne me donne la moindre chance de…

— Écoute-moi et baisse le ton, je te prie, a continué Kym d'une voix calme, égale. Je t'offre une occasion en or de t'expliquer. Personne n'a jamais entendu parler de ton clan ni de ta volée, et il y a parmi nous des corneilles d'un peu partout.

— À quoi ça rime ? a protesté Kryk. Je viens de plus loin sur…

— Ça suffit, a lancé Kym en l'interrompant une fois de plus. Tais-toi et laisse-moi terminer. Tu n'as aucune expérience du vol en formation.

— C'est juste qu'il y a longtemps que je…

— Je dois savoir d'où tu viens… a insisté Kym.

— Je t'ai déjà raconté que…

— … et dans quelles circonstances tu as été capturé. Dis-moi la vérité.

Kryk a ouvert et fermé le bec. Kym ne le quittait pas des yeux. Elle attendait. Il a avalé.

— Il vaut mieux que tu restes dans l'ignorance, crois-moi.

— Parle-moi de tes rêves.

— Impossible.

— Écoute. Ouvre grand tes oreilles, a déclaré Kym en se rapprochant. Selon certains membres de la volée, tu es trop… malade…

pour nous accompagner, trop imprévisible, trop dangereux. Tôt ou tard, ils proposeront ton bannissement. Comment veux-tu que je te défende si je ne comprends pas ce qui t'arrive? Aide-moi à t'aider.

Kryk a secoué la tête.

— Me croiras-tu si je te dis la vérité?

— Je ne te croirai qu'à cette condition.

Kryk s'est mordillé nerveusement le bout de l'aile droite. Après un moment, il a entrepris sa confession d'un ton résigné.

— Tu veux savoir d'où je viens? J'ai grandi chez les humains. J'ai été capturé avant d'avoir un an. Du vol en formation, je ne garde qu'un lointain souvenir. Je n'ai pas eu le temps d'apprendre. Je pense avoir vécu dans le sud, mais… je ne peux jurer de rien. Dans la volée, nous n'étions pas très nombreux. Une cinquantaine, tout au plus. Je venais d'avoir toutes mes plumes quand je me suis blessé à l'aile. Un humain m'a ramassé par terre. Il m'a emmené. Il m'a placé dans un nid. Je vivais dans un panier semblable à celui où nous avons été retenus prisonniers. Souvent, les humains me saisissaient et je disparaissais au complet dans leurs pattes. Ils glissaient sur ma tête un objet doux qui cachait la lumière. L'un d'eux imitait le chant des nôtres, lançait des appels à l'aide. Je ne voyais pas à quoi il voulait en venir. Il répétait inlassablement le même manège. À la fin, je demandais de l'aide, moi aussi. Là, les humains me nourrissaient.

Kym écoutait attentivement.

— Seulement alors ?

— Voilà. L'un d'eux me donnait des morceaux de viande ou des fruits. J'ai fini par comprendre ce qu'il attendait de moi. Il a enlevé l'espèce de bonnet dont il m'avait coiffé. Puis il a brandi de la nourriture devant moi. Si je demandais de l'aide, il me la déposait dans le bec.

Kryk a cligné des yeux.

— Ce n'est pas la mer à boire, non ? Si tu avais faim et qu'on t'offrait à manger, n'obéirais-tu pas, toi aussi ?

Il semblait attendre une réponse.

Kym a hoché la tête.

— Pourquoi pas ?

— Bien sûr que oui, a-t-il confirmé.

Il fixait un point au loin.

— Pas moyen d'agir autrement.

— Et ensuite ?

— Qu'est-ce que ça change ? a lancé Kryk, soudain irrité. L'humain m'a gardé. Il m'a nourri. Il m'a forcé à appeler à l'aide. Que te faut-il de plus ?

— Qu'est-ce qui s'est passé ? a doucement insisté Kym.

Kryk a tendu le cou, comme si sa tête était une créature autonome, désireuse de se dissocier de son corps émacié. Puis il s'est enfin décidé à poursuivre.

— Dès que j'ai assimilé la tâche qu'il exigeait de moi et que j'ai su répéter le cri sur commande, l'humain m'a sorti de son nid. Il m'emmenait dans un bosquet. Là, il nouait un bout d'une sorte de vigne à ma patte, l'autre à une branche. Puis il me montrait.

— Il te montrait ?

— Avec sa patte. Et je comprenais ce qu'il voulait.

— C'est-à-dire ?

— Que j'appelle à l'aide.

— C'est tout ?

Il n'a pas répondu.

— Kryk, est-ce que quelqu'un est venu ?

Il a rentré la tête dans ses épaules et a gardé le silence.

— Oui, a-t-il répondu. Presque chaque fois.

— Qui ?

— Des corneilles. Parfois une seule, parfois quelques-unes. Elles se demandaient pourquoi je m'égosillais.

— Et ?

D'un air las, Kryk a appuyé la tête sur la branche.

— L'humain les tuait, a-t-il enfin murmuré.

Kym regardait droit devant elle, horrifiée.

— Il les tuait ?

— Oui.

— C'est arrivé souvent ?

— Oui. Très souvent, même. Je lançais des appels. Il les éliminait. Chaque fois.

Sans grand enthousiasme, Kryk a tenté de réaligner ses plumes, puis il s'est lourdement calé sur son perchoir.

— Après, j'étais nourri.

Kym a examiné la corneille maigre et négligée, puis elle s'est tournée vers la nuit.

— Était-ce l'humain qui nous a retenus prisonniers ?

— Non. L'époque dont je parle est beaucoup plus lointaine. Un jour, après avoir appelé des corneilles, je suis tombé malade. La peste, je crois, celle-là même qui a frappé les autres. Après, l'humain, « mon » humain, n'a plus voulu me toucher. Le lendemain, un autre est venu. Il m'a placé dans un panier et m'a emporté. C'est ainsi que j'ai abouti dans le nid où nous avons fait connaissance.

Kym était perdue dans ses pensées.

— Tu vas me dénoncer ?

Elle n'a pas répondu.

— Tu vas leur parler, Kym ?

— Il faut qu'ils soient mis au courant.

— Dans ce cas, ils me chasseront. Tu le sais aussi bien que moi. Personne ne voudra plus de moi. Déjà que je ne suis pas le bienvenu… Mais j'ai changé. En dedans. Quand j'étais enfermé avec vous, je me suis dit que, à supposer que je sorte un jour, je m'envolerais, très loin. Je mènerais une existence différente, au sein d'une volée ignorant tout de mon passé, et j'apprendrais à vivre comme les autres corneilles…

Kym lui a coupé la parole.

— Il faut que tu leur racontes.

— D'accord, mais pas maintenant.

— Quand ?

— Donne-moi un peu de temps. Chez les humains, je vous ai été utile. Je vous ai aidés à attraper les poissons, non ?

— Il faut quand même que tu te confesses et…

— Laisse-moi faire mes preuves, a-t-il supplié. Qu'ils apprennent à me connaître. Je suis une corneille transformée. Je t'en prie.

Le jugement

La nuit s'est refermée autour d'eux. Kryk ne quittait pas Kym des yeux.

— Je te donne jusqu'à notre arrivée à l'Arbre du rassemblement, a tranché Kym. Là, tu déballeras ton sac. Sinon, je m'en chargerai à ta place.

Chapitre 14

Chemin faisant, le brouillard épais que nous avions d'abord rencontré le long de la côte réapparaissait à l'occasion. En un sens, nous l'accueillions volontiers. Il rendait la navigation difficile, certes, mais il étouffait les sons et nous servait de camouflage.

Après quelques jours de vol ardu, Kyp s'est arrêté pour nous laisser le temps de fourrager à notre aise. Il avait pris position à la cime d'un sycomore et, en dépit de la purée de pois dans laquelle nous baignions, il montait la garde. De la branche fracturée d'un noyer s'écoulait un filet de sève gluante. Kyf y prélevait des insectes, un à un. Puis elle les frottait contre l'écorce de l'arbre pour les débarrasser de leur enveloppe collante et les gobait.

Passant près d'elle, j'ai prélevé un scolyte.

— Un peu de soleil ne serait pas de refus, ai-je gémi en fermant le bec sur la carapace croustillante.

Puis j'ai retourné la bestiole sur elle-même et je l'ai avalée.

— Le territoire est envahi par une sorte de moisissure, ai-je poursuivi. J'ai l'impression que le bout des plumes de ma queue se teinte de vert.

Kyf a levé les yeux vers moi.

— En effet, tu aurais peut-être intérêt à soigner un peu ta toilette, a-t-elle acquiescé d'un ton renfrogné, avant d'enlever la sève qui lui enduisait le bec.

— Ce qu'elle veut dire, a ajouté Erkala en changeant de perchoir, c'est que tu devrais te laver plus d'une fois par année.

— C'est à cause de cette satanée humidité ! ai-je crié en me lissant les plumes comme un enragé. Plus d'une fois par année. Pff ! Il y a pire qu'un peu de moisissure. Un esprit chagrin, par exemple. Erkala, elle, est perpétuellement grincheuse, impatiente, fâchée, froissée. Les jours où elle ne se montre pas d'une humeur massacrante sont à marquer d'une pierre blanche, ai-je râlé en remettant en place une plume de ma queue avant d'y faire glisser mon bec. Elle passe tellement de temps seule, à ressasser des pensées cuisantes, acerbes et empreintes de ressentiment, qu'elle arrive à peine à se supporter elle-même !

— D'où votre parenté d'esprit à tous les deux, a lancé Kyf.

Après avoir lâché cette remarque, elle est allée inspecter un autre bout d'écorce. Bredouille, elle a soulevé la tête et balayé la forêt du regard.

— Pour ma part, je m'accommode très bien du brouillard. Il nous protège. Les indésirables ne peuvent pas pourchasser ce qu'ils ne voient pas. Voilà ce que je pense. D'ailleurs, j'aime bien le calme dont s'accompagne la brume. Écoute ce silence…

Elle avait raison. On ne percevait que le gargouillis de l'eau qui s'écoulait paresseusement et les lointains appels des corneilles.

— Quel silence ? a demandé Kyp.

Il tendait l'oreille.

— À qui sont ces voix ? Je ne les reconnais pas.

Sans bruit, il s'est posé à côté de Kyf.

— Que tout le monde abandonne l'arbre, a-t-il ordonné calmement.

— Maintenant ? s'est-elle étonnée.

— Sur-le-champ. Emmène tous ceux que tu réussiras à trouver. Il y a un amas d'arbres tombés au fond de la vallée. Réunis-les au sol, là-dessous, et…

À cet instant précis, j'ai entendu un cri inconnu. Au loin, une silhouette sombre se faufilait entre les arbres.

— Réfugiez-vous sous les troncs, toi et les tiens, a sifflé Kyp à l'intention de Kym, perchée sur une branche basse. Ils te suivront sans trop discuter. File ! Même consigne pour toi et ta bande, Kyf. Kata, Erkala, venez avec moi !

Il s'est avancé.

— Séparons-nous. Volons chacun de son côté, a-t-il ajouté en prenant son envol. Cap sur le sud. Rendez-vous plus tard près de l'arbre frappé par la foudre.

— À quoi joues-tu ? ai-je demandé, déconcerté.

— Les nouveaux venus sont sûrement des éclaireurs de l'Association. En route, criez de toutes vos forces. Faites autant de bruit que vous le pouvez. Il faut leur laisser croire que la volée tout entière se dirige de ce côté. Restons loin l'un de l'autre. Attirez vers vous le plus de corneilles possible. Lorsque vous aurez le

sentiment d'en avoir leurré un nombre suffisant, revenez sur vos pas.

Une silhouette se dressait à proximité.

— Maintenant !

Il a agité ses ailes et s'est mis à hurler. On
aurait juré qu'il encourageait la volée à le suivre.

Je l'ai imité. Je beuglais tout ce qui me
passait par la tête. Presque aussitôt, des dizaines
de corneilles, m'a-t-il semblé, m'ont pris en
chasse. J'ai fermé le bec et, fonçant à travers
le feuillage d'un arbre, j'ai semé mes poursuivants. Après quelques battements d'ailes, j'ai
recommencé à m'époumoner.

J'ai eu la surprise d'entendre deux nouveaux groupes s'interpeller et se lancer à mes
trousses. Un peu à l'est, Erkala avait réussi
à entraîner d'autres pelotons. C'est alors que
j'ai compris que nous n'étions pas tombés sur
des éclaireurs. L'Association était là au grand
complet. Il y avait des corneilles partout. J'ai
de nouveau changé de cap et repris mes piaille-
ments. Une silhouette se profilait droit devant
moi. J'ai donc obliqué vers la droite. Comme
elle a effectué la même manœuvre, nous avons
failli entrer en collision.

— Kyp, ai-je haleté, soulagé.

— Tu n'étais pas censé les attirer vers
moi ! a-t-il sifflé.

— Ce n'était pas prévu. Comment pouvais-je savoir où tu serais dans ce chaos ? Tu ne m'avais pas dit que j'allais avoir l'Association tout entière à mes trousses !

— Oui, bon, va plutôt de ce…

Il a été interrompu par un étranger qui, après s'être détaché du brouillard, fonçait vers nous.

J'ai aussitôt exécuté une boucle serrée et je me suis rué sur son dos. Il m'a contourné et s'est élancé vers Kyp. Pour parer l'attaque, celui-ci a viré sur la gauche en agitant son aile droite. L'étranger a heurté un arbre de plein fouet. En boule, il a disparu dans la brume ondulante et la végétation dense.

— Je ne t'ai pas demandé de te battre, a sèchement lancé Kyp. Contente-toi de voler. Nous ne pouvons pas les affronter, ni leur permettre de s'arrêter et d'entreprendre des recherches. Arrange-toi pour qu'ils te re-marquent et conduis-les le long de la rivière. Le brouillard y est plus épais. Lorsque la voie sera libre, reviens le plus discrètement pos-sible. Assure-toi de ne pas être suivi !

Nous avons repris notre course. C'était désormais terrifiant. Il était difficile de voir les corneilles de l'Association et de deviner leur nombre, mais je ne les entendais que trop bien. À peine si je distinguais autre chose : leurs voix colériques emplissaient la forêt. Pendant un moment, j'ai perdu mon sang-froid. Pas moyen de crier ni d'émettre le moindre son. Puis je me suis rendu compte que Kyp avait raison : si je me taisais, les disciples de Kuper risquaient de fouiller la vallée et de découvrir la cachette des nôtres.

J'ai accéléré et appelé. Des centaines de voix ont répondu. Il en venait de partout. Je n'avais plus le temps d'avoir peur. J'étais bien trop occupé. Chaque fois que je décelais un mouvement, je bifurquais à gauche ou à droite. Pour réussir à m'orienter, je volais en rase-mottes en zigzaguant au milieu des broussailles.

En un sens, le fourmillement des corneilles de l'Association m'a procuré un avantage. Le vacarme et la confusion étaient tels qu'on n'entendait rien de précis. C'est sans doute ce qui m'a sauvé, plutôt qu'une quelconque habileté de ma part.

Rien de mieux que la peur pour vous donner des ailes. J'ai entraîné mes poursuivants le plus loin possible, puis je me suis posé sur le sol, pantelant. Au-dessus de ma tête, j'entendais le rugissement des corneilles de l'Association. Elles remontaient la rivière en s'interpellant. Pendant un certain temps, la voix d'Erkala a retenti, faible et distante. Une fois le silence revenu, j'ai entrepris le survol du ravin.

Je suis rentré à peu près au même moment que Kyp. Perchée au sommet d'un arbre mort surplombant l'eau, Kyf montait la garde. Elle a appelé les autres. Lentement, ils sont sortis de leur cachette.

J'ai raconté comment Kyp s'était débarrassé de la corneille qui nous avait agressés.

— Fantastique ! s'est exclamée Kyf en hochant la tête pour marquer son plaisir.

— Maintenant, a lancé Kyp, ils auront compris que le brouillard peut servir à s'évader tout autant qu'à attaquer.

— N'empêche que tu as trouvé la solution en un clin d'œil, a constaté Kym en appuyant son épaule contre lui.

— Tu n'aurais pas dû venir, a déclaré Erkala en se posant près de nous, les plumes hérissées.

Kyp s'est contenté de la fixer.

— Tu n'es pas encore guéri, lui a-t-elle dit sur un ton de reproche, l'émotion nettement perceptible dans sa voix. Tes plumes maîtresses n'ont pas encore entièrement repoussé. La mue commence à peine. Tu aurais pu être capturé.

Si d'autres t'avaient assailli, ils t'auraient taillé en pièces. Et ensuite ? Qui nous aurait guidés ? Tu aurais dû nous laisser agir, Kata et moi, ou encore confier la mission à quelqu'un d'autre. Tu as pris la mauvaise décision.

Elle était sur le point d'ajouter quelque chose. Se ravisant, elle a secoué la tête et s'est envolée.

Je l'ai regardée s'éloigner en m'interrogeant sur les motifs d'un tel emportement.

— Elle s'inquiète pour toi, c'est tout, ai-je risqué.

— Il y en avoir d'autres, oua, a lancé une étrange voix sifflante.

Nous nous sommes retournés. La pie qui nous suivait depuis que nous l'avions libérée du nid humain était accompagnée de deux de ses congénères. Elle avait beau parler la langue des corneilles, je ne m'étais jamais entretenu avec elle.

— Qu'est-ce que tu racontes ? a demandé Kyp.

— Oua, a-t-elle sifflé, d'autres corneilles nouvelles, oua, plus, toujours plus recrutées depuis vous avoir vu elles.

La pie a indiqué les arbres, où huit de ses semblables étaient réunies.

— Ma griffe et ses serres… ma…

Elle cherchait le mot dans notre langue.

— … bande, oua, habite ici. C'est, a-t-elle ajouté en ponctuant ses propos d'un mouvement du bec, notre territoire. Je parle avec eux, oua. Ils regardent, comptent les étrangers quand ils passent. Tu dis eux cinquante, oua, peut-être soixante mille, oua, la dernière fois?

— Oui, a répondu Kyp, qui se concentrait pour la comprendre malgré ses raclements. Environ.

— Plus… maintenant, oua, a sifflé la pie après avoir consulté ses voisines, peut-être, oua, peut-être deux fois plus. Peut-être cent milliers.

— Cent mille? ai-je demandé. Tu en es sûre?

Elle a hoché la tête.

— Oua. C'est… bizarre chose, oui? Autant corneilles, oua, par ici? Ma famille, oua, elle était haut dans ciel quand Association être arrivée. Les amis, ils les comptent quand corneilles entrer dans brouillard. Puis, oua, ils descendent pour voir. Pourquoi autant corneilles? Ils trouvent moi. Moi maintenant vous quitte, rentre avec miens.

Elle semblait avoir terminé. Mais alors elle s'est tournée vers Kyp, et j'ai vu qu'elle faisait de gros efforts pour parler notre langue le plus clairement possible.

— Toi, je me souviens de toi toujours. Tu me sors. Du nid humain. Du panier humain. Je me souviens, oua. Mon sang se souvient. Le sang des miens après aussi.

Elle a hoché la tête.

— Mille mercis. Le ciel protège toi.

— Bon vent, a répondu Kyp.

La pie a une fois de plus hoché la tête, puis elle est partie avec les autres.

— Cent mille ! ai-je murmuré pour moi-même. Par la Créatrice dans son Nid…

— Avec des effectifs pareils, je suppose qu'il a les moyens d'envoyer quelques éclaireurs, a réfléchi Kym.

Elle a consulté Kyp.

— Par où, maintenant ?

Il avait le regard perdu dans le brouillard.

— Je ne sais pas.

— Nous ne pouvons pas rester ici, ai-je souligné. Au bout de la vallée, ils rebrousseront chemin et…

— Non, pas tout de suite, a déclaré Kyf. Le brouillard s'est intensifié et la nuit tombe.

Kyp avait l'air distrait.

— Nous avons intérêt à être ailleurs lorsque la lumière reviendra.

Puisqu'il n'ajoutait rien, Kym a insisté doucement :

— Que proposes-tu ?

— Kuper s'attend à ce que nous poursuivions vers l'ouest, a commencé Kyp, lentement, comme s'il réfléchissait à haute voix. Dès l'aube, il aura réparti ses troupes au nord et au sud. Cependant, le temps pourrait jouer en notre faveur.

Je ne le suivais pas et, apparemment, je n'étais pas le seul.

— Comment ? a fini par s'informer Kym.

— Il surveillera les vallées fluviales et la cime des arbres. En pleine nuit, par ce temps, il gardera les siens groupés. Les hiboux ne feraient qu'une bouchée des corneilles isolées.

— En quoi est-ce que ça nous arrange ? ai-je demandé, toujours perplexe. On ne peut pas voler sans voir. Et nous savons d'expérience de quoi les hiboux sont capables.

— Par mesure de précaution, nous demeurerons ensemble, a répondu Kyp en me dévisageant. Et nous partirons sur-le-champ… enfin, bientôt.

— Dans le noir… a commencé Kyf en secouant la tête.

— Non, justement, a protesté Kyp, qui semblait recouvrer sa confiance. Du moins pas dans l'obscurité totale. Par le passé, les humains nous ont rendu la vie dure, mais nous allons maintenant les laisser nous aider. Nous suivrons leurs boîtes mobiles. Elles produisent leur propre lumière, non ?

— Mais… ai-je bredouillé.

— Nous volerons en rase-mottes derrière les boîtes, a poursuivi Kyp. Dans le plus grand silence. Par ce temps et à cette heure, nous passerons inaperçus. Si les membres de l'Association ne nous voient pas et ne nous entendent pas…

J'ai terminé la phrase de Kyp.

— Ils ne pourront pas nous suivre.

— Exactement. Faites circuler la consigne. Que tout le monde soit prêt à s'envoler. Nous nous mettrons en route à la nuit noire.

Les autres sont partis préparer le départ. Je suis resté avec Kyp. Encore épuisé par ma petite virée en compagnie des sbires de Kuper, je ne voyais pas d'un bon œil la perspective de pousser encore plus loin. Dans les ténèbres, par-dessus le marché.

J'ai secoué la tête.

— Nous allons suivre les humains ?

— Absolument, a répondu Kyp.

— Le long de leur sentier ? Entre ces boîtes qui filent à vive allure et serpentent à gauche et à droite ?

— Oui.

— Et si ne serait-ce qu'un seul membre de l'Association veille au grain, monte la garde auprès du sentier et nous voit ?

— Dans ce cas, nous appliquerons la méthode d'Erkala. Nous en tuerons le plus grand nombre possible avant qu'ils aient le temps de prévenir les autres.

Chapitre 15

Aux aguets, nous avons patienté.

Nous étions inquiets à l'idée du voyage que nous allions entreprendre, et nerveux devant le retour possible de l'Association. Kyp, cependant, a attendu que la nuit soit tombée pour donner le signal du départ. Ainsi, la direction que nous prenions échapperait aux regards indiscrets.

Pendant ce moment d'angoisse, oncle Kuru, par inadvertance, a réussi à attirer l'attention d'un essaim de guêpes en heurtant la branche sur laquelle elles avaient construit leur nid. Heureusement, Erkala les a vues arriver en nombre et a sonné l'alarme. Nous nous en sommes tirés indemnes, à l'exception du pauvre Kryk qui, inexplicablement, a tenté d'en gober une. Pour prix de ses efforts, il a eu droit à une piqûre sur la langue.

Des détails qui nous semblaient évidents échappaient aux yeux usés de Kuru. Le faux pas, loin de le plonger dans l'embarras, a été pour lui source d'une formidable hilarité. Longtemps après, alors que nous en avions ras le bol, il riait encore.

— Il a fermé le bec dessus ! rigolait-il. Il a cru s'offrir un gueuleton ! Par la Corneille suprême et la Première Couvée ! Une petite guêpe bien tendre pour tromper son appétit !

À la fin, Erkala a poussé un long soupir et s'est juchée sur l'une des branches supérieures.

— Quoi ? s'est écrié Kuru. Je t'empêche de dormir, la Rayée ? Je trouble ta sieste si précieuse ?

Le corps d'Erkala s'est raidi, mais elle n'a pas répliqué. Kuru l'a examinée.

— Et toi ? a-t-il demandé. Peux-tu me dire ce qu'est un arbre ?

Erkala a soutenu son regard.

— Comment voulez-vous que je le sache ? a-t-elle répondu d'un air badin. Je n'ai jamais le temps de me percher : il y a parmi nous un vieux crétin aveugle et sourd qui passe ses journées à déranger les guêpes.

Sur ces mots, elle est allée chercher la paix relative d'un autre perchoir.

Kuru l'a regardée s'éloigner.

— Nulle, elle aussi, a-t-il marmonné pour lui-même. Mais elle a plus de cran que le reste de cette bande de mollassons et de tire-au-flanc bons qu'à féconder les fleurs. Elle, au moins, c'est une corneille. Quoique, a-t-il grogné en se préparant à dormir, je n'aie encore jamais vu quelqu'un à l'apparence aussi bizarre.

À la demande de Kyf, Kyp, soucieux de rétablir l'ordre, s'est posé à côté de l'Ancien. Dans son bec, celui-ci faisait tourner un vieux bleuet racorni, dans l'espoir, apparemment, de le ramollir assez pour le rendre comestible.

— Quelque chose vous tracasse, mon oncle ?

— Moi ? a ronchonné le vieux sans se départir du petit fruit. Bien sûr que non.

— Vous en êtes certain ? L'idée de voler dans le noir ne vous effraie pas ? Si oui, je posterai près de vous des jeunes à la vue plus perçante.

Kuru a poussé un grognement sonore.

— Je n'ai pas besoin d'escorte. Surtout pas issue de cette mauvaise troupe. J'ai plus d'années de vol sous mes ailes que quiconque et je crois être en mesure de me débrouiller, merci quand même. D'où vient cette sollicitude nouvelle ?

— Vous êtes l'aîné. Ce statut vous confère une influence particulière au sein de la volée. D'autres comptent sur vous pour les orienter. Et vous semblez…

— Quoi ? a demandé Kuru, impatient.

— … préoccupé, agité.

— Agité ? a répété Kuru en déposant le bleuet sur la branche. Bien sûr que oui. C'est toujours ce qui m'arrive lorsque je me trouve dans une volée qui a des problèmes avec son Élu.

Kyp a contemplé le ciel au-delà des arbres avant de revenir à Kuru.

— C'est le cas chez nous, à votre avis ?

— Tu penses le contraire ? a répondu le vieux en soutenant fermement le regard de Kyp. Nous ne savons pas au juste où nous allons. Nous ignorons à quelle distance est l'Association. Il n'y a pas si longtemps, quelques-uns de ses membres ont failli nous tailler en pièces. Tu ne crois pas qu'il s'agit d'une situation rongée par les mites, et galeuse par-dessus le marché ?

— Vous contestez mon statut d'Élu ?

— Pas exactement, a grommelé Kuru. Tu es un jeune plutôt sympathique. Tu as conduit

ta volée jusqu'ici et le mérite t'en revient entièrement. Il est certain que les tiens t'adorent.
Pourquoi ? Parce que, au nom de la Créatrice,
tu as franchi une distance énorme pour libérer une bande de corneilles détenues par des
humains. Fort bien.

Kyp a réfléchi un moment.

— Mais vous, vous voyez les choses autrement.

Tête penchée, Kuru considérait Kyp par-
dessus son long bec.

— Tu veux vraiment connaître le fond de
ma pensée ? Entendu. Tu es parti à la recherche
de cette Kym et tu l'as arrachée aux griffes
des humains. Bravo ! Cela fait-il de toi un Élu ?

— Je n'ai jamais rien prétendu de tel, a
protesté Kyp. C'est la volée qui…

— Voyager vers l'est et tirer une corneille
d'embarras te confère-t-il l'étoffe d'un Élu,
oui ou non ?

— Non, a répondu Kyp sèchement.

— Exactement, a confirmé Kuru sur un
ton bourru. Que faut-il donc pour devenir
Élu ?

Kyp a soupesé la question.

— Être choisi par la volée ?

— Bah, s'est récrié Kuru. Une volée peut
jeter son dévolu sur quelqu'un pour n'importe

quel motif frivole. La corneille désignée a ensuite le loisir de conduire les siens dans la gueule d'un blaireau si elle le souhaite. L'instant d'après, elle n'est plus qu'un petit tas d'os, de plumes et de crottes. J'aimerais que tu me dises à quoi on reconnaît un bon Élu.

Kyp a réfléchi.

— Je ne sais pas.

— Voilà. Tu es un jeune sympathique, tu te débrouilles bien en vol et tu sembles raisonnable, mais tu ignores beaucoup de choses.

— Pourquoi ne vous chargeriez-vous pas de mon éducation, vous, l'aîné ?

— Moi ? s'est exclamé Kuru, comme si la question le surprenait sincèrement. Moi ? Qu'est-ce que je sais du métier d'Élu ? Je ne suis qu'une vieille corneille myope. J'ai les épaules en compote et je perds mes plumes. Si je savais ce qu'il faut pour être l'Élu, tu ne m'aurais pas trouvé en train de voler en solitaire, pas vrai ? Je n'aurais pas eu besoin de l'aide de ta mauvaise troupe de suceurs de sève et de mangeurs d'abeilles.

Kuru a recommencé à mâchouiller la petite baie avant de se résigner à la cracher.

— Pourquoi es-tu parti à la recherche de Kym ?

— Parce qu'elle avait besoin d'aide.

— Ah bon ? s'est écrié Kuru en plissant les yeux. Tu en es sûr ?

— Oui.

— Hum, a fait Kuru en se rapprochant de Kyp. Tu as donc parcouru tout ce chemin et pris tout ce temps simplement parce qu'elle était en détresse ?

— Oui ! a explosé Kyp. Je vous l'ai déjà dit !

— Ta petite virée était donc totalement désintéressée ? a poursuivi Kuru en s'avançant encore un peu plus. Et toi ? À quelle motivation obéissais-tu ? Ça n'avait rien à voir avec ton envie de revoir Kym ?

— Évidemment. Je n'ai jamais soutenu le…

— Si je comprends bien, a continué Kuru en dépit des protestations de Kyp, tu as accompli ce long périple et entraîné ces corneilles au-dessus de l'eau, dans la colonie humaine et dans les flammes — uniquement pour renouer avec elle. Je me trompe ?

— J'y serais allé seul. C'est ce que je voulais. Je n'ai jamais demandé…

— Qu'est-ce que ça change ? Dans la vie, qu'obtenons-nous simplement parce que nous le demandons ? As-tu entrepris ce voyage parce que tu le voulais, oui ou non ?

Kyp est demeuré silencieux pendant un long moment.

— Oui, a-t-il enfin admis.

— Oui, bien sûr. Tu étais mû par l'intérêt personnel. Rien à voir avec les pauvres corneilles qui te suivent depuis le début. D'ailleurs, quelques-unes d'entre elles s'en mordent les griffes. Elles servent de pâture aux créatures terrestres. Et tu crois que ça suffit pour être l'Élu ? Risquer tout, y compris la vie des autres, pour arriver à ses fins ? Un peu de vol, un brin de jugeote, quelques risques. Hein ? C'est ça que tu penses ? Pauvre petit oisillon innocent, ignorant…

Kuru avait l'air sincèrement triste.

— Nous convoitons des choses et nous nous efforçons chaque jour d'assouvir nos désirs, mais ça n'a rien à voir avec les fonctions de l'Élu. Rien du tout. Tu seras un véritable Élu le jour où tu seras disposé à faire pour la volée quelque chose de complètement désintéressé, pas avant.

Kuru a fixé d'un air contrit le bleuet qu'il avait rejeté.

— On a beau mâcher certains trucs, ils ne se laissent pas avaler facilement. Je suppose que tu as des détails à régler avant le départ. Quant à moi, j'ai des plaies à laver.

Sur ces mots, il est descendu au bord du ruisseau.

Pendant un certain temps, Kyp est resté sur la branche, perdu dans ses pensées. Enfin, les faisceaux parallèles d'une boîte mobile rouge ont vacillé, puis se sont rapprochés. Au signal de Kyp, nous nous sommes perchés dans un arbre qui surplombait le sentier humain. Nous avons attendu que la boîte soit à notre hauteur, puis nous nous sommes glissés dans son sillage.

Un peu plus loin, elle a changé de direction. Après avoir émis un vrombissement terrible, elle a obliqué vers le sud. Mais alors une autre, bleu foncé, est apparue. Elle fonçait vers l'ouest. Dans le halo jaunâtre et incliné qu'elle découpait dans la nuit, au milieu des vapeurs délétères qu'elle crachait, nous l'avons suivie.

Chapitre 16

Ainsi a commencé notre longue envolée nocturne. Notre intention était de coller au train des boîtes mobiles. Les avantages étaient nombreux. Les lumières nous aidaient à nous orienter et le vacarme noyait les bruits que nous faisions, sans compter que les hiboux et la racaille nocturne, toujours friands de corneilles, se tenaient loin de notre cortège tonitruant.

Si nous nous dépêchions et que tout se déroulait comme prévu, nous serions loin avant que les hiboux, les corneilles, les fantômes et les humains s'aperçoivent que nous avions traversé leur territoire. Interdiction formelle de parler, sauf en cas d'absolue nécessité. Pas d'arrêts. Pas de repos. Cap sur l'ouest, plein ouest.

L'air était vicié et la poussière soulevée par les engins nous étouffait. À la longue, nos plumes se sont couvertes d'une sorte de pellicule poisseuse. Nous avions le fond de la gorge enduit de crasse gluante.

Sans compter que l'exercice était périlleux. Abstraction faite des hiboux, on risquait, en cas d'inattention, d'être rattrapé par une autre boîte et écrasé sous ses pattes tournoyantes. Le truc le plus sûr, avons-nous compris, consistait à attendre une boîte relativement lente, isolée. Lorsqu'elle arrivait à notre hauteur, nous nous laissions entraîner dans son sillage.

Heureusement, au milieu du sixième nocturne, leur nombre était réduit. Il était donc plus facile de s'attacher à celles qui répondaient à nos besoins.

Nous avons fini par établir une sorte de routine. Nous volions. Aux premières lueurs de l'aube, nous nous réfugiions dans des broussailles. Nous postions des sentinelles. Au crépuscule, nous nous remettions en route, suivant une nouvelle boîte mobile.

Une nuit, pour échapper à l'ennui d'un énième vol misérable, je me suis approché de l'une d'elles. À l'intérieur se tenaient quatre humains parfaitement immobiles, serrés les uns contre les autres, leurs grosses têtes bulbeuses saillant tels des melons duveteux dans un champ. Kym m'a rejoint.

— Qu'est-ce qu'ils fabriquent, à ton avis ? ai-je murmuré.

— Rien, a-t-elle répondu. Les humains ont une propension marquée à alterner les moments d'activité frénétique et les longues périodes d'oisiveté. Difficile de s'y retrouver.

— Pendant ta captivité, leur arrivait-il souvent de rester ainsi à ne rien faire ?

Elle a observé les humains.

— Parfois.

J'ai senti l'air frais s'engouffrer sous mes ailes, puis j'ai songé à son enfermement.

— Tu dois les haïr.

Elle a secoué la tête.

— Non. Et je ne crois pas non plus qu'ils nous détestent. Mais ils ne nous remarquent pas. Pas vraiment. Du moins tant que nous ne les dérangeons pas.

Soudain, l'un des humains a posé sa tête ronde et hirsute contre l'épaule d'un autre. Bien blotti, il a semblé s'endormir.

— Valons-nous mieux qu'eux ? a poursuivi Kym. Nous ne voyons que ce qui nous arrange. Quand nous intéressons-nous aux humains ? Lorsqu'ils ont quelque chose que nous convoitons ou qu'ils nous pourchassent.

J'avais déjà deux ans quand j'ai pris conscience de leur existence.

J'ai hoché la tête.

— Petit, jusqu'au jour où je me suis rendu compte que le monde ne se composait pas que d'oiseaux, je croyais que les humains naissaient avec deux postérieurs et sans bec, ai-je avoué. C'était toute l'étendue de mes connaissances.

Kym s'est esclaffée. Kyf s'est approchée et nous a gratifiés d'un « chut » irrité. Soulevant une aile, Kym s'est laissé déporter vers l'arrière.

J'ai continué de voler à proximité des humains. Parfois, pas souvent — ainsi que Kym l'avait souligné, les humains ne se préoccupent que d'eux-mêmes —, un des occupants de la boîte se retournait et nous observait. Dans l'obscurité et la poussière, nous étions presque invisibles. Du bout de la patte, l'humain nous montrait à ses compagnons, agglutinés autour de lui. Puis l'engin accélérait.

À la longue, j'ai compris que les humains devaient avoir l'impression que nous les poursuivions. Dès lors, j'ai pris un malin plaisir à m'approcher le plus près et le plus vite possible. Pendant ces plongeons, je tentais d'avoir un air féroce en riant intérieurement à la pensée de la consternation que j'allais causer.

S'il n'avait pas fait froid et noir, que nous n'avions pas été épuisés, affamés et à moitié empoisonnés par les vapeurs immondes, j'aurais été jusqu'à dire que je m'amusais ferme. Du moins jusqu'à ce que, pendant que j'étais au milieu d'une attaque particulièrement menaçante, Kyp se glisse à côté de moi et me demande d'un ton contrarié ce que je fabriquais.

— C'est un jeu de mon invention, ai-je expliqué.

— Arrête, m'a-t-il ordonné sans cérémonie. J'ignore à quoi ça rime, mais tu les obliges à redoubler de vitesse, et la volée donne déjà son maximum.

Éperdu de honte, j'ai pris conscience de ma bêtise et de mon égoïsme. Par la suite, j'ai observé une distance plus respectueuse.

Sans distraction, voler dans le noir vous mettait les nerfs en boule. Pas moyen d'assurer une surveillance digne de ce nom. On ignorait si l'Association se trouvait derrière ou devant. Les bruits, réels ou imaginaires, nous plongeaient dans les affres. Nous inhalions de la fumée. La poussière nous étouffait.

Alors que la volée paraissait au bord de l'épuisement et sur le point d'abandonner, Kym s'est approchée de Kyp, et ils ont tenu un petit conciliabule. Ils ont semblé se disputer brièvement. Dans le vacarme des boîtes mobiles, je n'aurais pu jurer de rien. Presque aussitôt, Kyp nous a indiqué de le suivre.

Brusquement, nous avons battu en retraite. Puis nous avons survolé une nouvelle boîte, immense, lente et plate, qui se rapprochait depuis un moment. Soudain, Kyp a replié ses ailes et s'est laissé choir en plein sur elle. Kym n'a pas hésité à l'imiter. Elle s'est posée à côté de lui et m'a invité à leur emboîter le pas.

J'étais sidéré. La manœuvre m'apparaissait totalement tordue. Au fond, cependant, presque tout ce que nous entreprenions l'était au moins un peu. Comme mes compagnons, j'étais à bout de forces. J'ai donc serré mes ailes et atterri à côté de Kym.

À tour de rôle, les nôtres ont répété la manœuvre et se sont installés sur le large dos de l'engin énorme et haletant. Bientôt, nous étions tous là, tassés les uns contre les autres, perchés sur la surface qui tanguait, l'air de la nuit ébouriffant nos plumes. Suivre les boîtes mobiles avait été effrayant ; rester sur l'une d'elles, tandis qu'elle fonçait droit devant, était aussi terrifiant qu'exaltant. Sous nos serres, nous sentions sa puissance frémissante. Et la sensation que nous avions d'avancer sans avoir à lever une plume était à la fois bouleversante et magique.

En fin de compte, les gémissements et les crissements de la boîte m'ont réveillé. Épuisé par l'angoisse, j'avais, contre toute attente, sombré dans le sommeil. C'est dire si j'étais exténué. L'engin s'est secoué, puis il a frissonné avant d'obliquer vers le sud. Soulevant ses ailes, Kyp a lancé un appel. Nous l'avons suivi jusqu'à un perchoir abrité, au milieu d'un taillis d'herbes grimpantes et de broussailles.

L'aube pointait à l'horizon. Nous avions parcouru une distance considérable sans bouger nos ailes ni agiter une plume.

Chapitre 17

Kyp nous a laissés dormir bien plus tard que d'habitude. Dès notre réveil, il nous a réunis.

— Nous avons réussi à devancer l'Association, a-t-il commencé, mais j'ignore dans quelle mesure. Grâce à l'idée géniale de Kym — chevaucher une des boîtes mobiles —, nous avons franchi une grande distance et pris un peu de repos. Nous ne pouvons pas nous permettre de courir un tel risque trop souvent, et certains d'entre vous m'ont déjà prévenu qu'ils refusaient de continuer ainsi. Vous avez raison. Je croyais qu'en volant assez loin et assez vite, nous finirions par semer l'Association. J'ai eu tort. On a déjà suggéré l'envoi d'un émissaire. Lors de notre dernière rencontre, cependant, les troupes de Kuper nous ont attaqués sur-le-champ.

Il a promené son regard sur nous.

— Rien n'indique qu'ils aient envie de parlementer. Désolé.

Personne n'a parlé jusqu'à ce que Kyrt se décide enfin à intervenir.

— Il n'y a donc aucun espoir ?

Kyp a secoué la tête.

— Je n'ai pas dit ça.

Malgré les heures de sommeil, je n'avais pas encore les idées claires.

— Que proposes-tu, dans ce cas ? ai-je demandé en me raclant la gorge. As-tu un plan ?

— L'Association a l'avantage du nombre, et de loin. Nous pouvons peut-être réduire l'écart.

— Comment ? a voulu savoir Kyf.

— Nous ne pouvons ni les devancer ni les vaincre, a répondu Kyp. Nous aurions besoin d'un allié de taille.

Personnellement, je n'avais pas de suggestion à formuler et je n'attendais rien de particulier de la part de Kyp. Cette idée-là, cependant, nous a tous pris au dépourvu.

Kyf a croisé mon regard. J'ai haussé les épaules et secoué la tête.

— Qui, par exemple ? a-t-elle risqué.

— L'Urkana, a répliqué Kyp.

Pendant les conseils, il y a toujours quelques corneilles qui bavardent au fond. Là, elles se sont tues. Voilà ce qui arrive quand quelqu'un propose de rendre visite à une légende.

J'ai été le premier à prendre la parole. J'ai d'ailleurs l'impression d'en faire une habitude. Je n'en suis pas fier, mais c'est ainsi.

— C'est ça, ton plan ? me suis-je exclamé en essayant de dissimuler mes doutes et mon profond scepticisme.

— J'y pense depuis des jours…

— L'Urkana existe-elle seulement ?

N'ayant pas eu le temps de trouver une façon plus judicieuse d'exprimer mes inquiétudes à peine voilées, je bafouillais.

— J'en ai entendu parler, évidemment. Comme nous tous, je pense. Mais j'ai toujours cru à une…

Kyp m'a interrompu.

— … une simple histoire ? Non, pourtant. J'en ai entendu parler quand j'étais petit, et des membres plus âgés des Kinaar la décrivaient.

— Avaient-ils été là-bas ? a demandé Kyf.

— Je ne sais pas.

— Tu connais quelqu'un qui y est allé ?

— Lui.

Kyp désignait le sommet de l'arbre.

— Il a effectué le voyage, lui.

Les têtes se sont tournées de ce côté. Oncle Kuru, perché au-dessus de nous, s'acharnait sur un cône d'épinette.

— Lui? s'est écriée Kyf.

— Oui, a confirmé Kyp.

J'ai posé les yeux sur Kuru.

— Vous?

Il a interrompu sa besogne pour me dévisager.

— C'est exact.

— De quoi s'agit-il, au juste? a voulu savoir Kyrt. Vous dites que nous en avons tous entendu parler. Or, je parierais que l'affirmation ne s'applique pas à chacun des membres de ma bande. L'Urkana, c'est…

— Une gigantesque volée d'hiver, ai-je expliqué. Si j'ai bien compris et si ma mémoire est fidèle — n'oubliez pas que j'étais beaucoup plus jeune à l'époque où j'ai entendu ces contes —, il existe, quelque part au beau milieu des plaines, un nid d'hiver où se réunit la plus imposante volée que le monde ait connue.

Je fixais Kyp.

— Dans la langue des Anciens, «Urkana» signifie «Là où le vent décide». Il paraît que c'est le berceau du vent d'ouest. On raconte aussi que c'est la Corneille suprême qui a créé la volée du même nom et que, chaque nuit, les corneilles se nourrissent de grains de maïs enchantés qui restaurent leur jeunesse.

Ayant coincé le cône contre une branche, Kuru cherchait des graines entre les lamelles.

— En effet, a-t-il déclaré. Il n'y a pas de maïs magique, mais je suis allé là-bas.

— La volée est assez grande pour nous aider ? ai-je demandé.

Kuru a prélevé une graine.

— Je le crois.

— Pour tenir tête à l'Association, elle devra être énorme, a souligné Kyf. Combien y a-t-il de corneilles dans cette Urkana ?

Kuru a secoué le cône avant de le jeter.

— Plus d'un million. Du moins, on l'affirmait à l'époque. Puisque j'étais jeune, je ne me suis pas donné la peine de les compter.

Je me suis tourné vers lui. Il s'est contenté de soutenir mon regard d'un air de défi.

— Hum… Si cette volée existe, a commencé Kyrt, et qu'elle se compose d'autant de corneilles que vous le prétendez, ne risque-t-elle pas de voir d'un mauvais œil l'invasion de son territoire ?

— Non, a répondu Kyp en secouant la tête. Il s'agit d'un nid d'hiver. Il attire des corneilles venues d'une si vaste région qu'il est régi par son propre code, n'est-ce pas ?

— Exactement, a confirmé Kuru. Les participants observent les règles, peu importe d'où ils viennent. Si je ne m'abuse, l'Association devrait s'y conformer, elle aussi. Les corneilles de l'Urkana sont assez nombreuses pour faire respecter la loi.

— Nous y prendrons conseil, a indiqué Kyp. Nous y obtiendrons peut-être du soutien. Nous devrions au moins pouvoir nous reposer.

Kuru s'est perché à côté de Kyp.

— Certains l'appellent le Kaa-nyt, ou la Grande Nuée. C'est vous dire si la volée est grande. Quand on l'aperçoit de loin, en vol, on a l'impression d'un immense nuage noir miroitant.

Il a parcouru nos rangs des yeux.

— Vous pensez avoir assisté à des rassemblements ? Vous n'avez rien vu.

— On en est encore loin ? a demandé Kyrt.

— Justement, voilà le hic. Je n'en suis pas certain, a lentement admis Kuru. Depuis la peste, je tourne en rond. Lors de ma visite, j'avais seulement deux ans.

— Vous ne savez donc pas où ça se trouve ? ai-je lancé.

— Pas exactement, non.

— Si on ignore comment s'y rendre, a résumé Kyf d'un ton hésitant, n'est-ce pas comme si l'Urkana n'existait pas ?

— Je ne crois pas, a répliqué Kyp. Nous touchons forcément au but. Nous avons déjà beaucoup volé vers le sud et vers l'ouest. Le terrain s'aplanit. L'air est plus sec. Nous nous approchons indiscutablement des plaines.

— Mais… ai-je commencé.

À l'instar de Kyf, je répugnais à l'idée de mettre en doute les affirmations de Kyp.

— … de quel côté aller ? Le nord ? Le sud ? Jusqu'où vers l'ouest ?

— Chaque nuit, nous suivons les boîtes mobiles.

Probablement enhardie par la tournure de la discussion, Kymnyt, qui, depuis sa prise de bec avec Kuru, se tenait coite, exprimait maintenant ses inquiétudes.

— Voler nuit après nuit sans destination précise… Ça ne peut plus durer.

Quelques-uns des ex-prisonniers ont manifesté leur approbation.

— J'ai quelque chose à ajouter, a lancé une voix.

En nous retournant, nous avons eu la surprise de constater que c'était celle de Kym. Pourquoi un tel étonnement? Son ton était différent. Manifestement, elle émergeait du sommeil. Elle avait les plumes de travers. Perchée sur une branche basse, elle rentrait la tête dans les épaules, comme si elle grelottait.

— Je sors d'un rêve qui concerne l'Urkana, a-t-elle expliqué. Enfin, oui et non.

Elle a réfléchi un moment.

— Une chose est sûre: il en a été question.

— Se pourrait-il, a supputé Kyrt, que tu nous aies entendus dans ton sommeil?

— C'est possible, a concédé Kym, l'air dubitatif. Mais je ne crois pas. Il y a de nombreux détails qui m'échappent, et vous serez peut-être en mesure de m'éclairer. Dans mon rêve, une tempête faisait rage au loin, aux limites de l'horizon. À l'ouest, une tache sombre se soulevait, grouillante. Pourtant, le vent caressait à peine les feuilles. Du côté opposé, le temps semblait plus clément. J'ai songé: «Nous devrions peut-être aller là-bas.» Après tout, pourquoi privilégier un vol ardu quand un autre plus facile s'offre à nous? Soudain, un petit oiseau s'est laissé tomber devant moi. Il a secoué la tête. «Par là, a-t-il dit. Par là.» Il a montré la direction de l'ouest, celle où la tempête faisait rage.

— Kwaku, a murmuré quelqu'un.

Aussitôt, des chuchotements ont parcouru la volée.

— J'étais découragée, a poursuivi Kym, insensible à la rumeur. Le temps s'était encore gâté. L'orage se rapprochait. Le vent soulevait les plumes de mon dos. L'arbre se balançait. Dans la tourmente née de la fusion du vent et des feuilles, j'ai crié à cet inconnu que je n'avais nulle envie de me diriger de ce côté. Il a indiqué qu'il comprenait. Peut-être était-il même compatissant. Cependant, il a répété qu'il n'y avait pas d'issue, pas de voie de contournement. Il fallait foncer droit devant.

Kym s'est interrompue, frissonnante, comme si elle sentait les effets du vent qu'elle décrivait.

— Ton rêve s'est-il achevé de cette façon ? a demandé Kyp.

Kym n'a pas répondu tout de suite. Elle a incliné la tête et fermé les yeux dans l'intention, semblait-il, de revivre la scène en pensée.

— Non, a-t-elle enfin déclaré. J'ai jeté un autre coup d'œil. La tempête s'était rapprochée. Elle fonçait vers nous. Le temps était mauvais, très mauvais. Dans la lueur des éclairs, les arbres étaient presque arrachés, déracinés. J'ai interrogé l'inconnu pour savoir comment nous pouvions espérer franchir un tel obstacle. Il s'est perché à la cime d'un arbre. «Il y a un moyen. Mais c'est difficile. Une véritable épreuve.» Voilà ce qu'il a affirmé. «Tu peux passer, et l'Urkana t'expliquera comment y parvenir.» Il s'exprimait calmement, comme nous le faisons maintenant, malgré la pluie qui lacérait les feuilles et la tempête qui emplissait le ciel noir, lourd, quasi solide. «Avant que tu sois délestée de ce poids et regagnes l'Arbre du rassemblement, le jour jaillira sous tes pattes, la nuit tombera du ciel, les morts t'accueilleront, les rochers voleront, le ciel et la terre se battront l'un contre l'autre.»

— À quoi ressemblait la corneille de ton rêve? a demandé Kyf d'une voix faible.

— Elle était petite, mince, négligée, les plumes hérissées.

Kym a jeté un coup d'œil à Kyf.

— Je ne l'ai vue que brièvement, a-t-elle expliqué, et mes souvenirs sont incertains. C'était peut-être ton frère.

Dans la volée, les grommellements ont augmenté d'un cran.

— Attendez, a lancé Kym d'une voix plus forte. Il y a encore autre chose.

— Quoi donc? a voulu savoir Kyp. Kwaku t'a-t-il prodigué des conseils?

— Pas exactement, a répondu Kym.

Elle est restée silencieuse un moment avant de regarder Kyp dans les yeux et de reprendre d'une petite voix où perçait l'inquiétude :

— Il a dit... il a dit que nous ne pourrions regagner l'Arbre du rassemblement qu'à condition que tu meures.

Chapitre 18

— Je crois, a soutenu Kyrt, que le rêve signifie que nous ne devons pas nous rendre à ce rassemblement. Sous aucun prétexte. Les propos de l'oiseau ne laissent-ils pas entendre qu'il s'agit d'une entreprise vouée à l'échec ?

Kyp avait autorisé les autres à aller fourrager, mais les membres du conseil étaient restés sur place afin de poursuivre la discussion.

— Kwaku a affirmé que c'était le seul moyen, lui a rappelé Kyp. Il a ajouté que l'Urkana nous apprendrait le nécessaire.

— Dans ce rêve, il y a un grand nombre de détails qui n'ont aucun sens, ai-je souligné. Des rochers qui volent, des morts réunis en comité d'accueil… Ça vous paraît vraisemblable ?

— Ces éléments ont forcément un sens, a riposté Kyp. Si seulement nous savions lequel...

— Il a aussi mentionné, a dit Kyrt, que tu devais mourir. Quel autre sens une telle affirmation peut-elle avoir ?

Kyp a ouvert les ailes en signe d'exaspération.

— Je n'en suis pas sûr...

— Eh bien, a poursuivi Kyrt en cherchant du coin de l'œil des appuis parmi les membres de l'assemblée, ça me semble aller de soi.

— Je pense que nous devons nous fier à Kwaku et convenir que la même image peut avoir des sens différents, selon qu'elle s'incarne dans un songe ou dans la réalité, a répliqué Kyp. La tempête, par exemple, signifie nos difficultés présentes. Les rochers qui volent veulent probablement dire autre chose. Quant à ma mort annoncée, c'est seulement... Je ne sais pas. Il faut peut-être que je renonce à mon statut d'Élu. Ou encore que j'abandonne une idée à laquelle je tiens mordicus.

— Tu as tort, a déclaré Kyf d'un ton neutre.

Elle avait la tête ailleurs, comme si elle dormait ou était perdue dans ses réflexions. Elle a levé les yeux.

— Tu fais fausse route. Toute sa vie, Kwaku a dit exactement ce qu'il pensait. Avant d'entrer dans le nid humain, il savait qu'il n'en ressortirait pas vivant. À ton sujet, il a exprimé les choses comme il les voit. Voilà pourquoi je m'oppose à ce que nous suivions son conseil.

— Kyf… a commencé Kyp.

Ignorant les objections de l'Élu, Kyf a continué :

— Jusqu'à présent, que nous ont valu ses prophéties ?

Kyp s'est rapproché d'elle, mais elle a aussitôt esquissé un pas en arrière.

— Tu sais bien, a-t-il déclaré, que tu ne crois pas un mot de…

— Selon lui, c'est la seule façon d'échapper à nos malheurs. N'a-t-il pas contribué à nous y plonger ? Si nous ne l'avions pas écouté, j'aurais encore deux frères en vie, pour commencer. Je donnerais n'importe quoi pour que nous n'ayons pas cédé. J'aurais préféré qu'il n'écoute pas ces fameuses voix, qu'il les ignore carrément. Je…

La voix de Kyf avait monté peu à peu. Autour d'elle, les conversations s'étaient interrompues. Elle s'est tue, le temps de reprendre son souffle.

— Pour ce que ses conseils nous ont apporté, autant fabriquer nos propres malheurs.

— Il y a de multiples manières d'interpréter un rêve, a rappelé Kyp d'un air las, dans l'espoir de clore la discussion. À l'heure actuelle, bon nombre de facettes de celui de Kym demeurent pour moi énigmatiques. Notre principal défi est de rester hors d'atteinte. J'ignore où se situe l'Association. Voici ce que je sais de façon certaine : pour un membre de notre volée, ils sont des milliers. C'est un fait, et non une prophétie. Nous devons donc nous mettre en route et trouver un endroit sûr où nous reposer. Impossible de continuer comme maintenant. Alors, à moins que quelqu'un ait une meilleure idée, a-t-il ajouté en parcourant le conseil des yeux, je propose que nous réagissions sans tarder et que nous partions à la recherche de l'Urkana. Espérons que nous y parviendrons. Si, entre-temps, l'un de vous a une suggestion, nous nous arrêterons pour en débattre. D'accord ?

Personne n'a rien dit.

— Je suppose que oui, ai-je enfin répondu.

— Moi aussi, a lancé Kuru. Il y a déjà trop longtemps qu'on papote. Le moment est venu de lever le camp.

— Pas d'accord, a protesté Kyf.

— D'accord, a lancé Kyrt. J'espère seulement que nous prenons la bonne décision.

— D'accord, a déclaré Kym, mais juste parce que je n'ai rien de mieux à offrir.

Erkala est demeurée silencieuse. Kyf a hoché la tête et est allée se réfugier plus loin.

En la voyant, Kyp a poussé un soupir.

— Autre chose ? Non ?

Personne n'a rien ajouté.

— Dans ce cas, la décision est prise.

Nous sommes allés fourrager en compagnie des autres, sauf Erkala, qui est restée près de Kyp. Pendant un certain temps, ils se sont occupés à leur toilette.

— Partir à la recherche d'un lieu dont on n'est pas certain qu'il existe… a-t-elle enfin déclaré. Drôle de plan, en vérité.

— Dans mon ancienne volée, il a été question de l'Urkana, a soutenu Kyp, obstiné. Et Kuru lui-même y est allé.

Elle a secoué la tête.

— Tu connais une corneille moins digne de foi que lui ?

— Je n'ai pas le choix, a répondu Kyp. Lui seul connaît le chemin. Tu vois une meilleure solution ?

— Quand j'ai joint les rangs de ta volée, tu m'as avoué ne pas avoir de plan ni de destination. J'ai accepté la situation. J'ai accepté aussi de t'accompagner tant et aussi longtemps que le vent nous porterait. Je ne regrette rien. Depuis que ma mère est morte et que j'ai atterri sur ce continent étrange, a-t-elle continué en regardant les autres se nourrir, je n'ai eu que toi et la volée pour famille. La pie t'a remercié de l'avoir libérée. D'une certaine manière, tu m'as affranchie, moi aussi. J'ai donc une obligation envers toi.

— Il n'y a jamais eu rien de tel, a objecté Kyp. D'ailleurs, tu as déjà plus…

— Laisse-moi terminer, a lancé Erkala, impatiente. Nous caressons tous des rêves fous et secrets. J'entendais me tailler une place au sein de cette volée. Je sais maintenant que c'est impossible…

— Ta place est avec nous, Erkala, a protesté Kyp.

— Pas comme je le voudrais, a-t-elle répondu, digne, crispée. Pas comme je l'espérais.

Kyp a ouvert le bec pour intervenir, mais elle a poursuivi :

— Personne n'est à blâmer. Je ne cherche pas de coupables. Comment reprocher à la Créatrice de ne pas exaucer nos vœux insensés ? Je peux toutefois vous rendre un service, jouer un rôle bien à moi. L'Association ne tient qu'à

la présence de Kuper. Sans lui, elle se frag-
menterait, s'éparpillerait. Si je réussissais à la
rejoindre…

Kyp a secoué la tête.

— Non.

— … le temps de gagner la confiance de
Kuper… a-t-elle insisté.

— Non, a répété Kyp en esquissant le
même geste.

— … et, a-t-elle conclu en regardant Kyp
droit dans le yeux, de le tuer.

— Je doute que tu en sois capable, a raisonné Kyp. Il est beaucoup plus fort que tu
le penses.

Erkala a laissé échapper un rire sinistre.

— Je ne le provoquerais pas en duel. Je
me ruerais sur lui par surprise. Si seulement
je parvenais à lui rompre une aile…

— Tu crois que ses acolytes ne se dou-
teraient de rien ? Jamais ils ne te laisseront
l'occasion de mettre ton plan à exécution. À
part moi, tu es celle d'entre nous qu'ils sont
le plus susceptibles de reconnaître au premier
coup d'œil. Ils se jetteront immédiatement sur
toi. Lorsque nous nous sommes rencontrés, tu
m'as avoué que, depuis ton arrivée ici, tu avais
à de nombreuses reprises demandé à la
Créatrice de venir te chercher, et tu as ajouté

ceci : « Tout ce qu'elle attend de nous, c'est que nous volions droit. »

Il fixait Erkala.

— En quoi est-ce différent aujourd'hui ?

Elle a croisé ses yeux.

— Chacun est libre d'abandonner la volée.

— Tu veux donc nous quitter ?

— Là n'est pas la question, a répondu Erkala.

Elle regardait par-dessus la tête de Kyp.

— Six, a-t-elle enfin dit. Je te donne six jours. Si nous n'arrivons pas à l'Urkana dans ce délai, je m'en irai sans prévenir personne. Tu sauras, toi, où je suis partie.

Chapitre 19

Les plaines en apparence infinies se déployaient devant nous. Sans exception, les sentiers que nous empruntions étaient plats et rectilignes. Parfois, les humains avaient planté dans le sol sec et brun de longues tiges dispensant une faible lueur, et nous nous en servions pour nous orienter. Il nous arrivait de suivre une boîte mobile et de voler en silence au-dessus de sa tête, dans le sillage de ses braises scintillantes, comme s'il s'agissait d'une étoile envoyée sur Terre à seule fin de nous guider.

Au bout de quatre jours, nous n'avions pas vu de corneilles et l'Urkana demeurait introuvable. Kyp nous a permis de nous reposer pendant le sixième nocturne. Initiative salutaire, car les vols de nuit suscitaient en nous de vives angoisses.

Toute la journée, nous sommes demeurés accroupis dans l'ombre de broussailles et de buissons épineux, incapables de nous détendre dans une telle promiscuité, agités et nerveux. Nous avons fini par sombrer dans un sommeil troublé. Au deuxième sixième, nous avons reçu une visite inattendue.

Un chat rayé brun et noir, hirsute et gras, s'avançait au milieu de la végétation, tête baissée. Il ne s'est rendu compte de rien jusqu'au moment où il a failli trébucher sur Kyf. Là, il l'a vue, sur le sol.

Et je me suis réveillé. J'ai compris que je ne rêvais pas, du moins pas entièrement. Et c'est moi qui devais monter la garde pendant que les autres dormaient ! Je me suis levé. En m'entendant, Kyp a ouvert les yeux à son tour et s'est vite redressé. Kyrt et Kym l'ont bientôt imité. À chaque corneille qui s'ébrouait, la belle assurance du chat s'étiolait un peu plus. Enfin, Erkala s'est perchée juste à côté de lui, les plumes hérissées, le cou tendu. Le coup de grâce, en quelque sorte. Le chat a poussé un miaulement grincheux et déçu avant de décamper — à reculons, par-dessus le marché — plus vite qu'aucun de ses congénères avant lui. Il a laissé dans les ronces de petites touffes de poils bruns et noirs.

J'étais très surpris. Je l'admets volontiers. Et humilié. Comment avais-je pu m'assoupir pendant mon quart de guet ? Aucune idée. Seule explication possible : nous étions à bout de forces.

Les choses en seraient probablement restées là si, en me retournant, je n'étais pas tombé sur oncle Kuru. Il a secoué la tête avant de rire pour lui-même.

— Par le Nid du Nid, par le Nid du Nid sacré… a-t-il gloussé doucement. Quelle sentinelle tu fais ! Tu as été pris la tête sous l'aile, pas vrai ?

J'étais exténué et, je le répète, sous l'effet de l'étonnement. Sans réfléchir, j'ai répliqué :

— Comme vous le jour où l'Association vous est tombée dessus, j'imagine.

Oncle Kuru a cessé de rigoler. La tête inclinée, les yeux plissés, il a déclaré :

— Pour prix de leurs efforts, trois corneilles ont mordu la poussière. Combien de chats as-tu aplatis aujourd'hui, mon poussin ?

— C'est ce que vous avez bien voulu nous raconter, ai-je grogné.

— Qu'oses-tu insinuer ? a demandé Kuru, dont les plumes se hérissaient peu à peu.

— Vous vous apprêtiez peut-être à affronter les trois corneilles. Peut-être aussi étiez-vous sur le point de vous enfuir à tire-d'aile. Ou encore la branche a claqué, et vous avez eu de la chance.

Kuru a aspiré une bouffée d'air et a expiré lentement.

— Adresser des reproches aux autres quand on est soi-même en faute… Quelle mesquinerie ! Je sais ce que je sais. De cela, tu peux être certain.

— Sans doute. Et vous savez tout, pas vrai ? Sauf ce qui compte le plus.

— C'est-à-dire ?

— À combien de jours sommes-nous de l'Urkana ?

— Aucune idée. Je te le répète : je ne suis jamais passé par ici.

Je me suis rapproché du vieux.

— Un jour ?

— Je ne sais pas !

— Deux jours ? ai-je insisté en m'avançant encore d'un pas. Trois ? Douze ? Quinze ? Allons-nous carrément dans la mauvaise direction ?

Oncle Kuru serrait les paupières si fort que ses yeux semblaient fermés, à l'exception d'une minuscule fente à l'éclat dangereux, en plein centre.

— Tu es un conteur, n'est-ce pas ? a-t-il fini par demander, la voix pincée.

— Il m'arrive de raconter des histoires, ai-je admis.

— Pourquoi ne pas le faire maintenant ? Tu penses vraiment que la volée a besoin de tes questions ? Quel nid pourri ! Quel perchoir exposé aux quatre vents !

Avec ostentation, il a lissé ses plumes, puis il a replié ses ailes en marmonnant :

— Quand je pense que tu ignores ce qu'est un arbre...

— Un arbre ? ai-je crié, plus fort que je n'en avais eu l'intention. Je vais vous répondre, moi, mon oncle. C'est une plante pourvue de branches et de feuilles. Nous nous en servons pour nicher. Voilà ! Chacun est au courant, sauf, de loin en loin, un vieux vantard qui joue les importants en laissant croire qu'il possède la clé d'une quelconque énigme ! Laquelle, bien sûr, lui permet de passer pour plus savant, plus éminent et plus mystérieux qu'il ne l'est en réalité et empêche les autres de s'apercevoir qu'il n'a strictement rien à dire !

Nous étions perchés au milieu de corneilles qui nous observaient en s'interrogeant sur la suite. Kuru ne tentait rien. Il se contentait de me jauger. Soudain, il a regardé autour de lui. Puis, d'une voix empreinte d'une grande douceur, il a commencé à parler, comme si de rien n'était :

— Puisque notre conteur semble peu enclin à nous divertir, je vais moi-même vous raconter une histoire. Un jour, la Créatrice s'est penchée sur le monde et a décidé que le moment était venu de lui rendre une petite visite. Mais pas à visage découvert. Elle a pris un déguisement, comme elle en est capable — vous la connaissez aussi bien que moi. Cette fois-là, elle a emprunté l'apparence d'un vautour au long cou et aux larges ailes. Ces oiseaux volent haut et voient tout. Peu de temps après son arrivée, elle a croisé une corneille et s'en est réjouie. "Bon vent", a-t-elle lancé en guise de salutation.

« Le mâle en question n'était pas timide. Il a aussitôt commencé à se vanter. "Je suis allé partout ! a-t-il proclamé. J'ai tout essayé. Je suis si futé que rien ne m'échappe."

« Légèrement décontenancée par de telles fanfaronnades, la Créatrice a examiné le curieux spécimen. "C'est vrai ?" a-t-elle demandé. "Aucun doute à ce sujet ! a répondu l'oiseau sans vergogne. Je connais le nom des créatures et de leurs nids, les parents des grands et des petits vents. Je sais où vont les étoiles quand le jour se lève, ce qui se cache sous la terre et la mer ondulante. "

« La Créatrice le dévisageait. "Je sais peut-être une chose que tu ignores", a-t-elle affirmé d'une voix tranquille.

« Le prétentieux volatile a simplement secoué la tête. "Ça m'étonnerait." "Pourquoi ne pas te soumettre à une épreuve ?" a proposé la Créatrice.

« L'autre, qui n'écoutait pas, n'a pas saisi la menace larvée. Il s'est contenté de bomber la poitrine. "Si tu avais la moindre idée de l'étendue de mes connaissances, tu ne risquerais pas un tel pari, a-t-il répondu. Non, non. Je refuse de concurrencer un oiseau de ta taille. En te battant à plate couture, je risque de t'humilier. Dans cette éventualité, qu'adviendra-t-il de moi ?"

« La Créatrice s'est donc métamorphosée en crécerelle, oiseau de plus petite taille. Cette seule transformation aurait dû mettre la puce à l'oreille de l'autre : il n'avait pas affaire à un interlocuteur ordinaire. Pourtant, il n'a pas réussi à se calmer. "Tu es plus petit, d'accord, a-t-il constaté. Mais tu es encore plus grand que moi." "Bien", a concédé la Créatrice, qui s'est réduite à la taille d'une puce. »

Kuru a incliné la tête de mon côté.

— J'espère que tu sais au moins ce qu'est une puce ? C'est un minuscule insecte à peine plus gros qu'un grain de poussière et…

— Je suis au courant ! me suis-je exclamé.

Malgré moi, ses railleries me piquaient au vif.

— Dans ce cas, tout va bien. Je ne veux surtout induire personne en erreur. Je ne tiens pas à forger des mystères. Où en étais-je, déjà ? Ah oui. La Créatrice s'est transformée en puce. Et qu'a fait cet oiseau si futé, si savant ? Sans attendre, il a posé sa première question. « Qu'est-ce qui est sombre comme une grotte, profond comme une carrière et possède une porte d'entrée mais pas d'issue ? » Avant que la Créatrice ait pu répondre, l'autre s'est penché, puis il a ouvert son bec et, clac, il l'a avalée ! Il l'a gobée tout rond : la tête, le corps et les minuscules pattes de puce. En même temps, il avait élucidé sa propre énigme !

« La Créatrice est donc à l'intérieur, et le finaud à l'extérieur. Il se sent supérieur et passablement rusé. Jusqu'à ce que la Créatrice se métamorphose en une nichée de larves de guêpes. Se tournant contre la corneille, elles ont commencé à se grignoter un chemin vers la sortie. Elles y ont mis un peu de temps. Leur ouvrage terminé, il ne restait, de la corneille si futée, que des os que le vent traversait en sifflant.»

Kuru s'est tourné vers moi.

— Tu connaissais cette histoire, monsieur le conteur?

— J'en ai déjà entendu une version similaire, ai-je répondu.

— Ah bon? s'est exclamé Kuru. Dans ce cas, je suis désolé de la redite. La morale, je suppose, c'est que j'ai assez de jugeote pour admettre ne pas tout savoir. Et, a-t-il ajouté en s'envolant vers un perchoir plus élevé, je ne suis pas assez bête pour avaler quelque chose de plus grand que moi.

J'étais sur le point de lui décocher une remarque désobligeante lorsqu'un cri a retenti. Dépliant mes ailes, je suis parti vérifier quelle était la cause d'un pareil émoi. J'ai eu la surprise de découvrir Kyp. Juché au sommet d'un vieux saule noueux, il s'époumonait.

— Qu'est-ce qui se passe? ai-je demandé en m'approchant.

— Viens voir.

Lourdement, je me suis posé sur son perchoir. Sur la branche oscillante, j'ai regardé droit devant moi sans remarquer quoi que ce soit qui puisse justifier une telle agitation. Kyp a hoché la tête.

— Là, s'est-il contenté de dire.

Du côté ouest, à la limite de l'horizon, on devinait un bosquet d'arbres fouettés par le vent et, juste au-dessus, un nuage ondulant.

— Qu'est-ce que c'est? me suis-je interrogé en plissant les yeux.

— Ça, monsieur le conteur, a répondu Kuru en atterrissant à côté de moi, c'est l'Urkana.

Et puis… c'est ici que je dois m'interrompre, cousins. Je n'ai pas la force de poursuivre. Vous avez sans doute faim et soif. Quant à moi, j'ai besoin de me désaltérer, de m'étirer un peu et, surtout, de reprendre mon souffle.

Troisième partie

Chapitre 20

Approchez-vous, cousins. Prenez place sur la branche.

L'ouverture la plus solennelle de la cérémonie marquant la reconquête du soleil par la Corneille suprême débute ainsi : « Dans la nuit et hors de la nuit, un perchoir amer, un vol qui détruit. »

C'est aussi une bonne façon d'amorcer la suite de notre récit.

Serrez-vous, cousins, serrez-vous et ouvrez vos oreilles.

— Viendrez-vous avec moi, mon oncle ? a demandé Kyp.

La découverte de l'Urkana a déclenché dans l'arbre un véritable débordement d'activité.

Sans perdre un instant, nous avons discuté du protocole à observer. Kuru avait des idées bien arrêtées sur la question — comme sur toutes les autres, d'ailleurs. Et pourtant, sa dernière visite ne datait pas d'hier. Nul ne savait si ses souvenirs étaient exacts. Ne risquions-nous pas d'empiéter sur le territoire de la volée ? Que se produirait-il si la situation avait changé ? Allait-on s'en prendre à notre éclaireur ?

Kym s'est posée à côté de Kyp.

— Faut-il que ce soit toi qui y ailles ? a-t-elle demandé. Tu montais la garde. Tu es fatigué. Il vaut peut-être mieux dépêcher un émissaire. Rien n'oblige l'Élu à s'en charger.

Kyp, cependant, paraissait insouciant. Comme si notre arrivée auprès de l'Urkana l'avait lavé de ses soucis.

— Je pense que je parviendrai à me traîner jusque-là, a-t-il simplement répondu en se hâtant d'arranger ses plumes.

Bien entendu, Kuru a été désigné pour accompagner l'Élu. Si Kyp semblait presque impatient de se mettre en route, Kuru — pour la première fois, d'aussi loin que je me souvienne — donnait l'impression de sentir tout le poids de la responsabilité qui lui incombait. Je pense qu'il s'interrogeait sur ce qui avait pu changer depuis la dernière fois.

La volée a décidé que je serais de la délégation. Simple précaution. Après le fiasco de mon quart de guet, j'étais heureux d'avoir l'occasion de me racheter. Les sentinelles se sont positionnées, puis Kyp et Kym ont échangé quelques mots sur les mesures à prendre en cas de pépin. Ensuite, Kyp s'est tourné vers Kuru :

— Vous êtes prêt, mon oncle ?

Celui-ci a hoché la tête à deux reprises. Une fois pour répondre à Kyp et une fois, je pense, pour se donner du cœur au ventre.

— Oui, a-t-il crié un peu plus fort que nécessaire.

Puis il s'est élancé. Nous étions partis.

Kuru a choisi le chemin le plus direct. Au moyen de battements d'ailes larges et souples, lui et moi avons volé vers un arbre situé un peu à l'écart du bocage. Kyp, pour sa part, avait décidé d'en mettre plein la vue à ceux qui l'observaient.

Aucune corneille n'est insensible à l'habileté et à l'agilité en vol. Kyp a montré qu'il possédait amplement les deux qualités. Il a décroché, effectué des descentes en piqué et risqué des plongeons qui l'ont amené à une plume du sol. Il a roulé sur lui-même, grimpé. Pour un peu, il se serait retourné à l'envers, les plumes dedans, les organes dehors. Même les nôtres écarquillaient les yeux.

Oncle Kuru attendait patiemment. Quand Kyp s'est perché à côté de lui, il lui a chuchoté à l'oreille :

— Tu as dû impressionner les Anciens de l'Urkana. Quant aux jeunes, ils comptent désormais parmi tes admirateurs. Très astucieux.

J'épiais le ciel. L'Urkana ne semblait pas avoir remarqué notre arrivée.

— Et maintenant ? ai-je demandé.

— Ils nous ont vus, a répondu Kuru. Ils enverront un émissaire en temps opportun. Rien ne presse.

Il s'est attaqué à sa toilette. Kyp l'a imité. J'observais le paysage vide, ouvert. Un étroit sentier aménagé par les humains traversait la plaine, mais, au-delà, rien ne gâchait les lignes épurées du ciel et de la terre.

— Quel bel endroit, ai-je souligné. On a raison d'affirmer que c'est le vent qui décide, ici.

La brise aplatissait les plumes de Kyp.

— En plein ce que je me disais, a-t-il ajouté. Tu les sens ?

— Quoi donc ?

— Les différentes saveurs ?

Il a inspiré à fond.

— L'air est si riche qu'il rassasie.

Soudain, dans l'un des arbres lointains, une branche s'est affaissée. Puis une vieille corneille au corps massif s'est élevée lentement. Deux jeunes l'ont aussitôt suivie. Ensemble, elles ont effectué le trajet jusqu'à nous.

— Bon vent, a lancé Kyp.

— Bon vent, a répondu l'Ancien en inclinant la tête devant Kyp et moi, et que la Créatrice vous guide vers un nid sûr. Qu'est-ce qui vous amène à l'Urkana, cousins ?

— Le vent, a déclaré Kuru.

— Il guide tout le monde, en effet, a concédé le vieux calmement. Jusqu'à quand comptez-vous rester ?

— Jusqu'à ce que le vent change, a dit Kuru.

— Bon vent, bon vent, a murmuré le vieux, manifestement plus détendu.

Il a adressé un signe de tête à ses deux complices, qui ont aussitôt repris le chemin de l'Urkana.

— Je vois que vous êtes déjà passés par ici et que vous connaissez les réponses.

— Pas moi, a expliqué Kyp en secouant la tête. Mon oncle ici présent est déjà venu.

— Ah bon ?

L'Ancien s'est tourné vers Kuru.

— Toi, a-t-il commencé en posant un regard pénétrant sur notre compagnon, tu ressembles à quelqu'un que j'aurais pu connaître à l'époque où les arbres projetaient des ombres plus petites.

— Il y a une vie de cela, j'ai brièvement séjourné dans ces branches.

— Il est donc possible que je te reconnaisse. De nos jours, rares sont les corneilles de notre âge. Dès que vous serez installés, nous converserons, toi et moi. Tu es donc l'Élu de la volée ?

Kuru a fait signe que non.

— Non. Je te présente Kyp ru Kurea ru Kinaar. C'est lui qui choisit pour nous.

— Kinaar ? a réfléchi l'Ancien à voix haute. Dans ce cas, tu viens de beaucoup plus loin au nord. Pourtant, vous arrivez de l'est.

— Nous avons de nombreuses histoires à raconter, a admis Kyp.

— Et nous de nombreux jours pour les écouter. J'ai été témoin de ton approche, a ajouté l'Ancien en regardant Kyp dans les yeux. Tu fends l'air comme la Corneille suprême devait le faire les jours de fête.

— C'était le vol du plus inexpérimenté des oisillons, a répondu Kyp modestement.

— Un oisillon? a répété l'Ancien en ricanant doucement. Par le sang de la Créatrice, j'espère qu'un jour tous nos petits sauront se servir de leurs ailes aussi bien que toi.

Il s'est ensuite adressé à Kuru.

— Puisque tu es déjà venu, je n'ai rien à t'expliquer. Je m'appelle Ur-Kwyt ru Katu ru Kwyt, et je suis l'aîné de ma Famille. Je suppose que vous connaissez la loi. On n'entre pas ici sans permission — vous l'avez désormais. Il faut de la même façon demander l'autorisation de partir. L'Urkana se réunit pendant l'hiver. Au cours de cette période, les différents groupes qui choisissent de nicher ici parlent d'une seule voix. Sinon, ce serait le chaos. Combien êtes-vous?

— Un peu plus de cent cinquante.

— Parmi les quatre arbres que vous apercevez là-bas, a poursuivi l'Ancien en agitant le bout d'une aile, se trouvent près de six cent mille corneilles. Vous comprenez? Une seule voix compte: celle du conseil de l'Urkana.

Il s'est interrompu et nous a dévisagés d'un air grave.

— Pendant votre séjour, ces règles et cette loi s'appliquent. Entendu?

— Naturellement, a répondu Kyp.

— Dans ce cas, conduis les tiens jusqu'à nous. Ils ont l'air fatigués.

Sur ces mots, l'Ancien a bondi et s'est vite éloigné.

— Ouf ! a lancé Kyp en poussant un soupir de soulagement, tandis que l'autre traversait le champ. Nous y sommes.

— Oui, a confirmé Kuru en expirant longuement à son tour. Le vent nous a été favorable. Pour un vieux comme moi, revenir ici, c'est quelque chose. Vous êtes trop jeunes pour comprendre. Certains de mes souvenirs sont restés accrochés à ces branches. Ça s'est passé il y a longtemps, a-t-il ajouté. Depuis, j'ai accompli un voyage long, plein de détours et compliqué.

Il a examiné Kyp du coin de l'œil.

— Merci. Tu nous as entraînés dans un fameux vol.

Kyp a haussé les épaules.

— Merci à vous de nous avoir guidés.

— Par moments, j'ai douté de moi, je l'avoue, et je suis certain de ne pas avoir été le seul.

Il m'a décoché un regard oblique.

— Quoi qu'il en soit, a-t-il ajouté en déployant ses ailes, il vaut mieux que nous allions prévenir les autres. Sinon, ils risquent de s'inquiéter pour rien.

Chapitre 21

À l'approche de l'Urkana, Kuru a subi une métamorphose. Là, au milieu de la multitude des corneilles, son caractère s'est transformé de façon mystérieuse et salutaire. Comme s'il avait soudain… rajeuni. Il était aussi plus confiant et plus calme. Tout le monde a remarqué qu'il jurait moins. Quand il s'abandonnait à son travers, toutefois, c'était avec sa fougue et son imagination habituelles. Si, chez lui, le changement était radical, on observait le même phénomène chez la quasi-totalité des membres de la volée. L'angoisse qui nous habitait depuis si longtemps avait choisi un autre perchoir.

Nous nous sommes confortablement installés dans un nid. Après l'interminable trajet que nous avions effectué dans le plus grand silence, la rumeur incessante des oiseaux réunis avait un drôle d'effet sur nous. Six cent mille corneilles occupent beaucoup d'espace. Il y en avait partout, nichées dans les arbres ou se pourchassant au-dessus des cimes. Elles traquaient des proies dans l'herbe, faisaient leur toilette, partaient en quête de nourriture ou revenaient annoncer qu'elles en avaient trouvé.

Le premier jour, presque tous les membres de notre volée se sont reposés. Ils ont profité du soleil, laissé l'air caresser leurs plumes. Pour la première fois depuis une éternité, nous semblait-il, nous n'avions pas à nous dépêcher. De loin en loin, quelqu'un annonçait avoir déniché de quoi manger, et les intéressés s'envolaient aussitôt. En compagnie d'une soixantaine de corneilles, je suis allé jusqu'à un immense champ de maïs. Là, nous avons rôdé au milieu des tiges brisées et découvert des vers et des larves de toutes sortes, quelques épis desséchés à grignoter, sans oublier les souris et les campagnols. Nous avons mangé avec appétit. Fourrager au milieu d'un si grand nombre de corneilles nous procurait un curieux sentiment de sécurité.

Même Kyf, silencieuse depuis notre arrivée, a paru trouver un certain réconfort dans l'organisation de notre nouveau perchoir.

Juste avant le coucher du soleil, le deuxième jour, je me suis posé sur une branche solide. Elle portait les vestiges subtils du passage des corneilles. Les petites protubérances avaient été lissées, triturées et rognées, tellement qu'on aurait cru les moindres coudes et plis conçus pour notre confort.

Après un ultime clin d'œil doré au-dessus de l'horizon, le soleil a lentement déployé ses plumes orange et rouges à l'ouest. À côté de moi, Kyp aiguisait son bec contre une branche.

— Tu as l'air heureux, a-t-il observé en frottant l'écorce avec vigueur.

— Je le suis. Écoute.

— Quoi donc ?

Kyp a incliné la tête.

— Des histoires, mon ami. Tu entends ?

Nous nous sommes immobilisés. Dans le frisson étouffé des feuilles et le sifflement délicat de la brise, la rumeur de six cent mille corneilles nous parvenait.

— Des milliers d'histoires.

Kyp a promené son regard sur les corneilles perchées autour de nous et disséminées au pied des arbres.

— On se parle d'une branche à l'autre, a-t-il convenu.

Je me suis ébroué.

— Depuis combien de temps ? Depuis combien de centaines de générations des corneilles se rassemblent-elles en ce lieu ? Si seulement nous avions une idée du savoir que détiennent ces vieux arbres…

— Ce serait quelque chose, en effet, a admis Kyp d'un ton somnolent.

Il était plus heureux pour moi, m'a-t-il semblé, que sincèrement intrigué par les histoires, les arbres ou quoi que ce soit d'autre.

— Il faudra, mon ami, que tu…

Sa phrase est restée en suspens. À mon grand étonnement, j'ai compris qu'il avait sombré dans un profond sommeil.

Peu à peu, l'obscurité est descendue sur nous. Les branches se balançaient doucement sous le vent qui, d'une voix chantante, nous entretenait de ses voyages. J'ai entendu le début, puis je me suis endormi à mon tour.

Chapitre 22

À mon réveil, l'air était frais et immobile.

Le ciel, dôme d'un bleu foncé magnifique, s'étendait au-dessus de nos têtes. On sentait que le jour se réchaufferait dès l'évaporation de la brume légère. Je me suis étiré et j'ai lissé mes plumes. Une fois bien réveillé, j'ai aperçu Kym, perchée trois branches plus haut, face aux premiers rayons du soleil. Je suis monté la rejoindre.

— Bon vent, ai-je lancé.

J'ai vite constaté qu'elle avait la tête ailleurs.

— Qu'est-ce qu'il y a? ai-je demandé.

— Regarde, a-t-elle dit en indiquant la direction de l'est.

J'ai obéi en plissant les yeux. Au sud du levant, au-delà de l'horizon, une tache noire semblait planer. Au ras du sol, elle se rapprochait. L'Association, ai-je aussitôt compris. Puis, sans crier gare, elle s'est arrêtée. Pendant un moment, la volée a paru en proie à une certaine confusion. Elle a mis le cap sur le nord, puis elle a rebroussé chemin et pris position dans un lointain bosquet.

Nous avons continué de la surveiller. Elle n'a pas dépêché d'émissaires. Kyp s'est juché près de nous.

— Qu'est-ce qu'il mijote, Kuper ? lui ai-je demandé.

Kyp s'est frotté la tête contre une branche.

— Je ne crois pas qu'il le sache lui-même.

Kyrt est arrivé d'en bas au moment où Kyf et Erkala, venues d'en haut, se posaient.

— Tu as vu ? s'est informée Kyf.

J'ai fait signe que oui.

— Qu'est-ce qu'il attend ? a-t-elle insisté.

Kyp picorait un cône d'un air pensif.

— Pour Kuper, la vie est devenue très compliquée. D'un côté, il voit dans la rencontre une occasion de recruter ; de l'autre, il sait qu'il a failli nous rattraper, et il est pressé d'en finir. Une fois qu'on a brassé la fourmilière, plus moyen d'obliger les fourmis à y rentrer.

Kyf a grimacé.

— Il est encore tôt. Il va falloir que tu t'expliques plus simplement.

J'ai répondu à la place de Kyp.

— Kuper ne peut pas inviter ses hôtes éventuels à l'aider dans sa mission et, du même souffle, leur apprendre qu'il a tenté de nous tuer parce que nous avons refusé sa proposition. Certains Anciens ici présents risqueraient de mal réagir.

— Exactement, a confirmé Kyp. Il ne sait ni depuis combien de temps nous sommes là ni à quoi nous avons occupé nos journées. Il ignore ce que nous avons raconté et le genre de pacte que nous avons conclu avec l'Urkana.

— En le devançant, tu l'as donc déstabilisé ! s'est écrié Kyrt.

— Un peu, a admis Kyp. Pour lui, la situation est délicate.

Pour la première fois, j'ai saisi un aspect inédit de la personnalité de Kyp. À moins qu'il ne l'ait acquis pendant notre voyage… À mes yeux, il avait toujours été brillant, mais il possédait désormais une grande subtilité, sans parler de la capacité de se projeter dans l'avenir, de retourner des idées dans sa tête pour en examiner toutes les facettes.

— J'étais sûr que tu nous avais préparé

quelque chose ! a lancé Kyrt. Pendant que nous volions dans le sillage des humains, je me disais que tu avais un plan. J'en étais sûr ! a-t-il répété gaiement avant de partir communiquer la nouvelle aux jeunes.

Nous l'avons vu se percher et s'entretenir avec les autres d'un ton excité.

— Celui-là aurait intérêt à t'idolâtrer un peu moins, a déclaré Kuru en secouant la tête.

— S'il se sent enfin bien, tant mieux. Nous devons maintenant prouver aux corneilles de l'Urkana que Kuper a tort. Sans oublier un détail qui a son importance : nous devons éviter les griffes de l'Association.

Sur ces mots, Kyp s'est envolé.

Chapitre 23

Le lendemain, l'Association a constitué une délégation chargée de demander la permission d'approcher : Kuper et deux de ses acolytes — les éclaireurs que Kyp avait blessés. Au sein de l'Urkana, on observait depuis un certain temps une activité débordante. Des corneilles s'élevaient pour mieux voir les étrangers et redescendaient au milieu des branches pour commenter la situation en famille.

Selon la rumeur, jamais encore l'Urkana n'avait été approchée par une volée aussi imposante. Dans l'arbre, les Anciens se demandaient à haute voix s'il fallait y voir un présage. Au sein de notre petit groupe, les discussions allaient bon train. Comment réagir ?

— Ne faudrait-il pas informer l'Urkana des agissements de l'Association ? a demandé Kyrt.

— Absolument, a approuvé Kyf.

Kyp ne semblait pas convaincu.

— Que pourrions-nous dire, au juste ? Qu'elle nous a invités à joindre ses rangs ?

— Qu'elle nous poursuit sans relâche depuis l'océan ! a répliqué Kyf. Que nous lui avons échappé de justesse ! Que nous avons failli y rester jusqu'au dernier !

Kuru a hoché la tête.

— Je dois donner raison à Kyp. D'une certaine façon, le passé de l'Association, tout ce qu'elle a fait au-delà de la limite des arbres où nous nous trouvons, n'a rien à voir avec l'Urkana ni avec la décision qu'elle prendra. Les corneilles qui se réunissent ici représentent une multitude de clans, de volées et de familles. Elles sont souvent en conflit les unes avec les autres. La seule règle qui guide l'Urkana, c'est que toutes les corneilles qui la composent obéissent à sa loi. Ici, le différend qui nous a opposés à l'Association ne signifie rien pour personne. On croira à une simple querelle territoriale. N'oubliez pas non plus que l'Urkana a tendance à admirer la force. Vous avez vu combien elle a été impressionnée par la démonstration de vol de Kyp ? Imaginez maintenant que nous évoquions notre fuite. De quoi aurions-nous l'air ? Attendons plutôt de voir comment l'Association se tire d'affaire. Ensuite, nous mettrons notre stratégie au point. Pour ma part, je serais prêt à parier que Kuper gardera le silence à notre sujet.

Kyf a grogné.

— Que voudriez-vous qu'il dise ?

Kym a pris la parole.

— Je ne vois pas comment l'Association pourrait convaincre qui que ce soit si Kuper s'exprime en son nom. Hormis Kyp, c'est moi qui le connais le mieux. Je l'ai vu agir à l'époque où il faisait partie des Kinaar. Un être solitaire, un orateur pitoyable… Franchement, je le crois incapable de convertir une seule corneille.

Chapitre 24

L'entrée en scène de l'Association, une fois négociées les conditions d'usage, a été impressionnante. La volée s'est soulevée et elle a formé un long nuage sombre qui, en passant au-dessus de nos têtes, a obscurci le ciel. Enfin, les corneilles se sont réparties dans quelques arbres, aux limites de la clairière. L'angoisse des membres de notre petit groupe était palpable.

Kuper n'a pas perdu un instant. Peu de temps après son arrivée, la nouvelle nous est parvenue : il avait demandé à prendre la parole devant l'Urkana, et une assemblée spéciale serait tenue juste avant le coucher du soleil.

Le ciel se colorait de mauve et d'orange. Les corneilles s'installaient tranquillement. Si l'Association occupait principalement le nord de la clairière, certains de ses membres s'étaient installés dans un arbre voisin du nôtre, du côté sud-est. Un sentier humain longeait une rangée de chênes anciens. Pourtant, une fois la nuit tombée, rares étaient les boîtes mobiles qui y circulaient. De nombreux membres de l'Urkana s'étaient donc perchés par là. Le côté ouest, dépouillé, s'ouvrait sur la plaine. Kuper s'est posé sur une branche basse, dans un vaste buisson situé près du centre.

Ur-Kwyt l'a présenté à la volée, lui a souhaité la bienvenue et lui a cédé la parole. Tête baissée, comme s'il se remémorait quelque lointain souvenir, Kuper a commencé :

— Un beau matin, je me suis réveillé et j'ai compris que la Créatrice s'adressait à moi. Mais pas en mots. Juste avant, je ne dormais pas, du moins au sens où nous l'entendons généralement. Rien à voir avec les heures que nous passons à nous reposer dans les arbres. Non, je dormais et je volais, mangeais, parlais. J'étais à la fois endormi et éveillé, cousins. Et pourtant, la Créatrice m'a réveillé.

Il s'est interrompu. Pendant un instant, je me suis demandé s'il allait poursuivre. Il

Le jugement

semblait perdu dans ses souvenirs.

— Depuis sa venue, a-t-il enfin repris, je n'ai pas retrouvé le sommeil. Et la Créatrice vous parle aussi, cousins, dans l'espoir de vous sortir de votre torpeur.

C'est à ce moment que j'ai remarqué combien sa voix était dure et grinçante. Ainsi que Kym l'avait dit, le statut d'Élu était contraire à sa nature, et rien ne le prédisposait à l'exercice de telles responsabilités. Et pourtant… Malgré ses piètres qualités d'orateur, sa conviction et sa sincérité étaient si totales qu'on avait du mal à ne pas se laisser happer. Dans tous les arbres et sur toutes les branches, les corneilles de l'Urkana écoutaient attentivement.

— Je n'ai pas la parole facile, a expliqué Kuper. Je ne voulais parler à personne. Habituellement, d'ailleurs, je n'ai pas grand-chose à raconter. Mais la Créatrice… n'en a cure. Elle a dit : « Va et rassemble ma volée. » « Pourquoi ? ai-je voulu savoir. Pour que les nôtres meurent de la peste ? Pour qu'ils survivent à l'hiver à seule fin de mourir au printemps ? Pour que les humains les pourchassent d'un nid au suivant ? »

« "Rassemble-les, m'a-t-elle ordonné, et rends-leur la place qui leur revient. Ainsi, ils traverseront ces temps difficiles." Les temps

235

sont durs, cousins. Vous vous en êtes sûrement aperçus. Qui, parmi nous, n'a pas perdu un des siens à cause de la peste? Qui n'a pas vu un des nôtres se faire tuer par l'humain? Être empoisonné par lui ou frappé par un de ses engins de mort? Qui n'a pas vu un humain détruire un nid de corneille? Notre réaction a toujours été la même: fuir, battre en retraite, trouver refuge dans un lieu secret, où nous pouvions nous cacher, prier, nous purifier, en attendant d'être chassés et harcelés de nouveau.»

Levant la tête, Kuper a embrassé du regard l'ensemble de la volée.

— Dernièrement, la Créatrice m'a transmis un message différent. «Si nous n'avons pas peur, rien ne peut nous arrêter.» Elle m'a mis à l'épreuve, cousins. Croyez-moi.

Sur ces mots, la voix de Kuper s'est brisée. Pour poursuivre, il semblait avoir besoin d'un surcroît de force ou de résolution.

— Certains d'entre vous, a-t-il enfin repris, savent que j'ai été capturé par les humains. Ils m'ont retenu, enfermé. J'ai connu là les pires jours de ma vie. J'étais certain d'y rester. Pendant ce temps, je croyais être puni, mais je me suis rendu compte que la Créatrice avait consenti à mon châtiment. Elle tenait à ce que j'éprouve cette douleur. Elle tenait à ce que je comprenne qu'elle avait le pouvoir de me placer dans la situation la plus précaire qui soit, à la merci des humains, et de m'en tirer aussi facilement que s'envolent les petits filaments blancs du pissenlit.

« Le moment venu, la Créatrice a murmuré à mon oreille : "Va." L'humain a tendu la patte pour se saisir de moi et je l'ai mordu. Ce simple geste m'a permis de le distraire et je lui ai échappé. Je me suis envolé. Libre.

« Vous voyez ? La Créatrice s'est arrangée pour que la peste nous épargne, nous. Elle nous a offert un cadeau. Elle nous dit que le moment est venu, cousins. Qu'il est temps de nous secouer, de recruter, de nous réunir. De changer. Il faut cesser de prendre la fuite et commencer à *prendre* tout court. Les humains ont de la nourriture ? Servons-nous. Ils coupent les arbres où nous avions coutume de nicher ? Allons dans les leurs. Partout où nous sommes passés, nous, membres de l'Association, avons pillé les humains sans hésitation, sans retenue et sans crainte, et nous avons bien mangé. Observez-nous, cousins. Parmi nous, vous ne verrez pas une seule corneille famélique. Nous avons toujours trouvé à nous repaître. »

Soudain, Kuper s'est penché.

— Le monde a-t-il donc été créé à l'usage exclusif des humains ?

— Non ! ont hurlé les membres de l'Association d'une seule voix.

— Exactement. Ne nous enseigne-t-on pas que nous avons été créés en premier ? Que nous avons volé avec la Créatrice, à ses côtés, aile contre aile ? Et voilà maintenant que nous nous terrons dans l'ombre, que nous nous perchons dans la crainte, que nous fourrageons avec prudence. Eh bien, cousins, je préfère mourir, être tiré du nid à jamais que de mener une pauvre existence vouée à la prière et à la purification. Dans l'espoir que l'humain ne me dépossédera pas en entier, qu'il daignera me laisser quelques miettes. Ma dignité, à tout le moins. Par-dessus tout, cousins, la Créatrice m'a dit : « C'est assez. »

— Assez ! a rugi la volée.

— C'est assez, a répété Kuper en hochant la tête. Exactement. La Créatrice nous ordonne de recruter. Nous sommes l'Association. Nous invitons les autres corneilles à joindre nos rangs. Nous allons où bon nous semble, même dans les perchoirs des humains, et nous y puisons ce dont nous avons besoin. Alors… Quelles précautions faut-il prendre ?

— Aucune ! a répondu sa volée.

— Fuirons-nous devant les humains ?

— Non !

— Battrons-nous en retraite devant eux ?

— Non ! ont de nouveau hurlé les membres de l'Association.

Leur réaction était intense et grisante. Il fallait déployer des efforts considérables pour ne pas joindre sa voix aux leurs. J'ai remarqué que bon nombre de membres de l'Urkana criaient aussi.

— Nous cacherons-nous ?

— Non !

— Récupérerons-nous nos territoires ? Nos nids ? Nos perchoirs ? Nos vies ?

— Oui !

— Et si nous échouons, et si la peste des humains, leurs engins de mort, leurs poisons et leurs pièges ont raison de nous, a poursuivi Kuper en baissant le ton, qu'arrivera-t-il ?

— Nous mourrons ! ont scandé les membres de l'Association.

— Et où irons-nous ?

— Auprès de la Créatrice !

— Où ?

— Auprès de la Créatrice !

— Exactement. Auprès de la Créatrice !

Kuper a secoué la tête, comme si le rituel l'avait affranchi de la tension, de l'angoisse ou de l'inquiétude. Une brise a ébouriffé ses plumes. Il a soulevé la tête, battu des ailes et éclaté de rire.

— Nous nous compliquons la vie, cousins, mais, franchement, tout est simple, très simple même. Pourquoi devrions-nous avoir peur ? Nous savons qui nous sommes. Nous savons où nous allons. Nous savons que la Créatrice nous réserve un perchoir à ses côtés. Dans la langue des Anciens, « Urkana » signifie « Là où le vent décide ». Or, le vent nous a conduits jusqu'ici. Il souffle aussi pour vous, cousins. Joignez-vous à nous, mes frères, mes sœurs. Nous vous attendons. Bon vent, bon vol, que la Créatrice vous bénisse et que nous n'ayons plus jamais peur.

Du regard, il a balayé l'assemblée.

— Je n'ai rien à ajouter.

J'ai à mon tour parcouru des yeux l'immense volée disséminée parmi les arbres. Sous l'emprise du message de Kuper, les corneilles s'interpellaient, scandaient des slogans. On sentait l'énergie et l'excitation qui les traversaient.

Je me suis penché vers Kym.

— Tu as raison, ai-je dit. Il est plutôt du genre timide.

Chapitre 25

— Eh bien, ai-je demandé, où en sommes-nous ?

L'Urkana avait mis un terme aux discussions et autorisé les corneilles à retourner dans leurs quartiers pour réfléchir. Nous avions pour notre part occupé le temps à soupeser les possibilités qui s'offraient à nous.

— Le discours de Kuper a eu l'effet de mites larguées dans un nid, ai-je souligné. Pendant un moment, j'ai cru qu'il allait nous désigner explicitement. Je pensais qu'il inviterait quelques membres de la volée à se joindre à lui. Jamais je n'aurais imaginé qu'il aurait le culot d'ouvrir les ailes à l'Urkana au grand complet. Ni que la réaction serait aussi favorable. Quoi qu'il en soit, nous ne pouvons pas nous en aller sans permission. Et même si nous partions, rien n'empêcherait l'Association de nous poursuivre… en nombre plus important encore.

— C'est exact, a confirmé Kuru en opinant du bonnet. Heureusement, tant et aussi longtemps que nous sommes ici, les règles de l'Urkana nous protègent. L'Association devra se montrer patiente. Les traditions du perchoir remontent aux temps immémoriaux, et les Anciens ont toujours le dernier mot. Rien ne sera précipité, et rien ne risque de les horripiler plus que le non-respect des lois.

— Pensez-vous que Kuper réussira à les convaincre de s'unir à lui ? a demandé Kyrt.

— Tu l'as entendu. Il est très persuasif. Demain, c'est à nous de parler. Nous devons trouver des arguments susceptibles de les faire changer d'idée.

À l'extrémité d'une branche, Kyp scrutait la plaine d'un air pensif.

— Kyp ? l'a interpellé Kym. Tu n'as pas donné ton opinion.

— Ce n'est pas à moi qu'il faut poser la question, a-t-il répondu sans se retourner.

— Que veux-tu dire par là ?

— Je me suis trompé sur toute la ligne, non ? a-t-il répliqué d'un ton empreint d'amertume. Je suis venu ici dans l'espoir d'obtenir de l'aide. Jamais je n'aurais cru qu'on puisse prendre Kuper au sérieux. Mais… si l'Urkana décide de l'écouter… si elle en vient à la conclusion qu'elle a pour mission de punir les humains… Combien de temps ces derniers mettront-ils à riposter ? Qui sait jusqu'où le conflit pourrait aller ? Quand je songe que c'est moi qui ai entraîné ces corneilles jusqu'ici… Voilà où mes efforts nous ont menés.

Il a levé les yeux sur nous, malheureux comme les pierres.

— Kyp… a commencé Kym.

Il l'a ignorée.

— J'ai besoin de temps pour réfléchir, a-t-il lancé en s'envolant.

— Faut-il que l'un de nous le suive ? a demandé Kyrt.

— À quoi bon ? a rétorqué Kuru. Il a raison. Parfois, la seule façon de sortir du repaire du blaireau, c'est par la gueule de la bête. Demain, il aura sa chance. D'ici là, nous devons convaincre les occupants du perchoir que voici, a-t-il déclaré en indiquant d'un geste un arbre proche du nôtre. La plupart des Anciens y passent la nuit. Bien que chacun ait son mot à dire, ces vingt ou trente corneilles exercent plus d'influence que quiconque. Je vais d'ailleurs faire un petit tour chez elles.

Comme personne n'avait quoi que ce soit à ajouter, nous avons opté pour la solution de facilité : manger.

En compagnie d'une quinzaine de corneilles d'une autre volée, Kym, Kyf, Kryk et moi sommes partis en quête de nourriture. Au moment où nous quittions notre perchoir, une bande qui revenait nous a appris qu'elle avait déniché un bon endroit.

Nous n'avons eu qu'à suivre ses indications. Une agréable surprise nous attendait. De cinquante à soixante membres de l'Urkana festoyaient dans ce qui était à l'évidence une rangée de pacaniers.

J'avais déjà mangé des pacanes, mais elles étaient mêlées à des aliments abandonnés par les humains. En déguster des fraîches a été pour moi une glorieuse révélation. La saison était avancée, et il était inhabituel de découvrir encore des fruits à cette époque tardive. Pour ma part, j'ai décidé de fourrager dans l'herbe. Les noix tombées par terre étaient un peu plus molles et faciles à ouvrir. Avec un peu de chance, je trouvais un minuscule asticot entortillé autour de l'écale.

Quel plaisir c'était de manger en compagnie de corneilles de l'Urkana ! Elles étaient si nombreuses et si bien organisées qu'on pouvait se détendre et se sustenter sans la moindre inquiétude.

Gavé de cette bonne nourriture, je n'ai été que légèrement contrarié par l'arrivée d'éclaireurs. Deux humains s'approchaient. Au moment où je m'apprêtais à battre en retraite, un groupe de corneilles appartenant à l'Association s'est élevé. J'ai remarqué parmi elles la présence d'un individu plus grand que nature. Kuper.

Entouré des siens, il a fondu sur les humains. Dans un premier temps, ces derniers ont grogné, aboyé. Devant la futilité de leurs efforts, ils ont commencé à lancer des pierres et des bouts de bois que les membres de la bande de Kuper évitaient avec aisance. Ils ont ensuite entrepris de picorer les intrus.

Les humains ont jugé ce comportement alarmant. Très vite, ils se sont sauvés. J'ai bien vu que Kuper se montrait impitoyable. Il a poursuivi les intrus jusqu'à ce qu'ils se réfugient dans une boîte mobile.

Le retour de la bande a été salué par des effusions satisfaites et un air de fête généralisé.

— Hé ! tu les as vus décamper ? m'a apostrophé un vieux qui fourrageait près de moi. Comme des mouches.

Il riait.

Ce n'était pas la première fois qu'il les voyait agir de la sorte, m'a-t-il informé. À quelques reprises, Kuper et les siens avaient chassé des humains pour permettre à d'autres membres de l'Urkana de continuer de se nourrir. Ils avaient ainsi rehaussé leur prestige aux yeux de beaucoup. J'ai examiné Kuper, en proie à un malaise soudain. Manifestement, nous avions droit à son attention, nous aussi. Je n'aurais pu jurer de rien, mais j'ai eu la nette impression qu'il m'observait, moi, à moins qu'il ne s'agisse d'une des corneilles de notre petit groupe. L'objet de cet intérêt suscitait de vives discussions au sein de sa bande.

Je me suis détourné. Le champ s'étendait devant moi. Les humains se sont attardés longtemps dans leur boîte. Derrière leurs pierres transparentes, ils ruminaient et gesticulaient en silence, le regard fixe, sous la multitude de corneilles qui sillonnait le ciel.

Chapitre 26

Le lendemain matin, il a fallu chercher notre pitance en vitesse. Lorsque le soleil s'est levé, nous étions déjà rassemblés et fin prêts. Malgré l'heure précoce, nombreux étaient les orateurs désireux d'intervenir. Les deux premiers ont semblé indécis. Le troisième, en revanche, une frêle Ancienne originaire des montagnes du sud-ouest, Kree ru Kreewyt, a résumé le point de vue de nombreuses corneilles.

— Je ne parle qu'en mon nom, a-t-elle pourtant commencé d'une voix chevrotante. La peste a ravagé notre volée. Nous avons fui les champs. Nous avons trouvé refuge chez les humains. Ils nous ont chassés. Ceux que la fièvre et la faim avaient affaiblis sont morts.

Au cours de la longue nuit qui a vu s'éteindre ceux de mon clan, la brise soufflait fort. La Créatrice s'adressait à moi, mais, abattue par le chagrin, je n'entendais rien. Pourquoi, sans raison, nous imposait-elle ce terrible changement ? À mes yeux, cousins, il est évident que c'est le vent qui nous envoie cette nouvelle corneille. Écoutez-le qui bruit dans les arbres, cousins. Tendez bien l'oreille. Il pousse les nuages, remue les buissons. Il transporte la bénédiction de l'Association. Pour ma part, je suis décidée à suivre le nouveau venu.

Kyp attendait son tour. Il s'est lancé.

— Ceux de ma volée et moi ne joindrons pas les rangs de l'Association. On nous l'a déjà proposé. Ce genre d'invitation que l'aigle fait au moineau ne se produit qu'une seule fois. Après avoir signifié notre refus à l'Assocation, nous avons volé pendant de longs jours à seule fin de l'éviter. Ses membres nous ont pourchassés sans relâche et attaqués à quelques occasions.

À ces mots, des murmures ont parcouru l'Urkana. Certains de ses membres étaient consternés.

— Je juge ce plan mauvais, a poursuivi Kyp. Depuis les temps immémoriaux, la Créatrice nous enseigne à piller les humains avec modération, furtivement, et, par-dessus tout, à les fuir. Le projet de Kuper, qui vous exhorte à les poursuivre impitoyablement, va à l'encontre de ces leçons et ne peut mener qu'à la catastrophe. Je connais cet Élu d'expérience. Il n'a aucun égard pour la volée ni pour les traditions. Il a attaqué et tué l'Élu des Kinaar, malade de la peste. Bien sûr, l'Urkana est une assemblée assez puissante et sage pour décider par elle-même, mais je prie instamment les corneilles ici présentes de se demander ce qu'a d'honorable le meurtre ignominieux d'un Ancien et ce que vaut une liberté imposée par la force ou les menaces…

Manifestement, il marquait des points auprès de quelques aînés. Au moment où les derniers mots sortaient de son bec, toutefois, une commotion a interrompu les palabres. Au pied d'un arbre, deux corneilles se battaient à coups de bec et de griffe. Kryk était l'une d'elles.

Aussitôt, Kyp est descendu s'interposer entre Kryk et le nouvel arrivant. Ce dernier s'est élancé une fois de plus, mais Kyp lui a barré la route.

— J'ai quelque chose à dire, moi aussi ! a hurlé l'étranger.

Il allait et venait devant Kyp dans l'espoir de s'en prendre encore à Kryk.

— Je m'appelle Ur-Ryk ru Ur-Karak. On nous parle de trahison. Dans ce cas, que vient-il faire ici, lui ? Pourquoi l'ont-ils emmené ?

Sa question posée, il a bondi par-dessus la tête de Kyp. Ce dernier, cependant, l'a attrapé au vol par la patte gauche et ramené violemment sur terre.

— Il vole avec nous ! a insisté Kyp. Il appartient à notre volée. Il a obtenu la permission de nicher et nul ne peut l'attaquer.

— Et le mal qu'il a causé, lui ? a répliqué Ur-Ryk. Le tort qu'il a fait ? Pour ses actions, il doit être jugé.

— Il n'a pas contrevenu à la loi depuis qu'il est ici, a répondu Kyp assez fort pour être entendu de tous. Que lui reproches-tu donc ?

— Ce que je lui reproche ? a répété l'autre en se relevant tant bien que mal. Vous avez entendu ? Ha ! De quoi le serpent qui s'attaque au nid se rend-il coupable ? De quoi la belette…

Ur-Ryk s'est élancé de nouveau. Kyp l'a renversé et s'est planté au-dessus de lui. Puis il s'est tourné vers Kryk.

— Tu connais cette corneille ?

— Non, a répondu Kryk en secouant la tête. Je ne l'ai jamais vue.

— Menteur ! s'est écrié Ur-Ryk en cherchant encore une fois à s'arracher du sol.

Kyp l'a immobilisé. Du coin de l'œil, il cherchait conseil auprès des Anciens.

— Que faut-il faire de cet enragé ? a-t-il lancé en direction de la branche où ils étaient réunis. Cette attitude est contraire à nos coutumes !

Ur-Kwyt ru Katu ru Kwyt est descendu de son perchoir, accompagné de quatre corneilles plus jeunes.

— Ça suffit ! a ordonné l'Ancien. Ce comportement est honteux ! Ne sais-tu pas te tenir ? As-tu donc oublié le serment prêté par ton clan ? As-tu la moindre idée de ce que signifient l'honneur et le respect ?

— Lâche-moi ! a crié Ur-Ryk. Lâche-moi !

Kyp n'a pas bronché.

— Sauras-tu te maîtriser ? a demandé Ur-Kwyt.

— Oui, a répondu Ur-Ryk d'un ton plus calme. Je vous prie de m'excuser. Dites-lui de me libérer.

Kyp a desserré son étau. Ur-Ryk s'est levé et, de la tête, a indiqué Kryk.

— Il a beau affirmer ne pas savoir qui je suis, je le connais, moi. Il y a trois ans, ma volée se gavait de pacanes. Nous avons entendu les appels d'une corneille blessée. Nous nous sommes portés à son secours.

Il a foudroyé Kryk du regard.

— C'était lui.

— Tu en es sûr ? a demandé Ur-Kwyt.

— Absolument certain. Il gisait par terre. Il criait sans arrêt. Après avoir décrit un cercle, nous sommes descendus voir si nous pouvions lui être utiles. Pendant notre approche, trois humains sont sortis des hautes herbes où ils se cachaient en brandissant des engins de mort. Ils ont tué vingt des nôtres. Les survivants ont fui dans la plus grande confusion. Quant à moi, je suis retourné sur place. Je croyais que je réussirais peut-être à sauver quelqu'un. J'ai vu celui-là. Perché sur l'épaule d'un humain qui le nourrissait.

Un lourd silence est tombé sur la volée. Ur-Kwyt s'est avancé vers Kyp.

— Tu es l'Élu de cette volée, a-t-il déclaré calmement. Te portes-tu garant de cette corneille-là ?

— Je ne suis au courant de rien, a répondu Kyp en se tournant vers Kryk. Qu'est-ce que c'est que cette histoire ?

Kryk a posé les yeux sur l'Ancien, puis sur Kyp. Enfin, il les a levés sur Kym.

— Eh bien ? s'est impatienté Ur-Kwyt.

— J'ai été capturé par l'humain, a expliqué Kryk à voix basse.

— Plus fort.

— J'ai été capturé par l'humain, a répété Kryk sur un ton plus intelligible. Il me forçait à lancer des appels.

Il s'est tourné vers Kyp.

— Je ne voulais pas.

— Il t'a « forcé » ? a fait Ur-Kwyt. Ce que dit Ur-Ryk est donc vrai ? Tu as crié et des corneilles ont été tuées par ta faute ?

— Oui.

— Et après ? L'humain t'a-t-il nourri ?

— Oui.

Ce simple mot est resté en suspension dans l'air. C'était comme si tous les autres bruits avaient été bannis.

— Combien de fois cela s'est-il produit ?

— Beaucoup de fois.

— Combien ?

— Je ne sais pas.

— Une fois ? a insisté Ur-Kwyt, sèchement. Dix ?

— L'humain, a commencé Kryk sur un ton contrit, quittait son nid pour tuer environ cinq fois par année.

L'Urkana a laissé entendre un hoquet collectif.

— Pendant combien d'années es-tu demeuré chez lui ? a demandé Ur-Kwyt.

— Six.

— Tu l'as donc aidé à tuer tes semblables à une trentaine de reprises ?

— Je ne l'ai pas « aidé » ! s'est exclamé Kryk d'une voix plus stridente. Absolument pas. J'essayais juste de rester en vie. Qu'aurait-il fallu que je…

Ur-Kwyt l'a interrompu.

— Tu as joué le jeu à une trentaine de reprises, oui ou non ?

— Peut-être plus. Je n'en sais rien.

L'Urkana était silencieuse. Personne ne soufflait mot. Le vent agitait les herbes.

— Je tiens à dire que je suis désolé, a déclaré Kryk. J'ai été élevé par l'humain. J'ignorais comment me comporter. Depuis que j'ai été libéré, je vole au sein de la volée de Kyp et je commence juste à apprendre… tout, en réalité. Ce que signifie être une…

— C'est une affaire sans précédent, a affirmé Ur-Kwyt d'un ton raide. Je n'ai jamais rien entendu de pareil. Nous reprendrons plus tard, après une période de réflexion.

Sur ces mots, il a quitté la clairière. Peu après, les arbres se sont vidés. Nous avons regagné le nôtre.

— Qu'est-ce que c'est que cette histoire ? a lancé Kyp en s'en prenant à Kryk. Pourquoi ne nous avoir rien dit ?

— J'en avais l'intention.

— L'« intention » ? a répété Kyp, fulminant. Pourtant, tu en aurais eu amplement le temps…

— Il m'a confié son secret, a déclaré Kym.

— Quoi ?

Kyp s'est tourné vers elle.

— Tu as bien entendu. Nous tentions encore d'échapper à l'Association.

Kyp la fixait, bouche bée.

— Et tu n'as pas jugé bon de nous prévenir ? a-t-il enfin demandé.

— Nous avons convenu de vous en parler dès notre arrivée à l'Arbre du rassemblement. J'ai pensé que le moment serait…

Les mots de Kym se sont perdus.

— … plus propice. Je suis navrée.

— Trop tard, a tranché Kyp. Le peu d'influence que j'exerçais sur l'Urkana vient de s'envoler en fumée. Nous risquons désormais de mettre beaucoup plus de temps à regagner l'Arbre. À supposer que nous y parvenions un jour.

— Kym n'y est pour rien, a osé Kryk. C'est moi qui l'ai suppliée de ne rien dire. Tout est de ma faute. Y a-t-il une solution ? N'importe laquelle ?

Perché sur une branche, Kyp a promené les yeux sur les milliers de corneilles juchées dans les arbres. Toutes discutaient de la même question.

— Je l'ignore, a-t-il répondu calmement. Je vais voir ce que je peux faire.

L'Urkana s'est réunie à nouveau. Manifestement, l'humeur avait changé. Kyp s'est avancé dans l'intention de prendre la parole. Les corneilles l'ont écouté d'un air impassible.

— Je n'ai rien voulu vous cacher, a-t-il expliqué. J'ai appris la nouvelle en même temps que vous. Je suis désolé du choc que vous avez subi et je comprends votre angoisse. Il est vrai que Kryk a été élevé par l'humain. Il semble qu'on l'ait forcé à commettre des gestes terribles. N'oubliez ni son âge actuel ni celui qu'il avait quand il a été capturé. Il commençait à peine à voler. Que savait-il, hormis ce que l'humain lui a montré ? Presque rien. Faut-il s'étonner de voir obéir la corneille à qui on a inculqué certains comportements au sortir de la coquille ? Le contraire ne serait-il pas surprenant ? Depuis qu'il est avec nous, Kryk est un membre précieux de la volée. Il ne connaît pas grand-chose de la vie d'une corneille, d'accord.

Cependant, il ne ménage pas ses efforts. Je le constate chaque jour. Il se dépense sans compter. Aux temps immémoriaux, la Corneille suprême a volé le soleil, et la Créatrice, nous enseigne-t-on, lui a pardonné. Aujourd'hui, c'est au tour de Kryk d'implorer notre indulgence. N'aura-t-il donc pas droit au même traitement?

Personne ne s'est avancé pour riposter. Au début, j'ai cru que Kyp avait réussi à convaincre la volée, qu'il était parvenu, par miracle, à la fléchir. Puis j'ai compris que, en dehors de notre groupe, personne ou presque n'était disposé à défendre Kryk. Les membres de l'Urkana avaient arrêté leur décision. À toutes fins utiles, la discussion était terminée.

J'aurais donné cher pour trouver des arguments favorables à notre compagnon, mais j'avais l'esprit vide. À l'évidence, Kym, Kyf et Kuru en étaient au même point. J'ai donc été surpris de voir Kyf s'avancer sur la branche.

— Kryk? a-t-elle lancé. Lui, dangereux?

Elle a posé les yeux sur Kryk.

— Pff. Laissez-moi rire. Kryk est aussi menaçant que les coquilles d'œufs de l'année dernière. Depuis qu'il s'est joint à nous, je veille sur lui, je vole derrière lui et je l'empêche de fourrer son bec dans les nids de guêpes. Jamais encore je n'ai eu sous les yeux une créature aussi pathétique. En vol, il est nul. En tant que fourrageur, il est lamentable. Bref, il ne sait rien faire.

Elle s'est arrêtée le temps de reprendre son souffle. Visiblement, elle avait les nerfs à fleur de plumes. La sécurité des membres de notre volée lui tenait tant à cœur… Elle s'est concentrée, a incliné la tête et a balayé l'assemblée des yeux.

— Pensez-vous sincèrement que l'humain n'aurait pas imaginé d'autres moyens de tuer des corneilles ? Ne possède-t-il pas déjà un nombre quasi infini d'instruments de mise à mort ?

Elle a secoué la tête comme si la crédulité de ses semblables la consternait.

— L'humain, l'humain… Par la Créatrice dans son Nid… Vous n'avez que ce mot-là à la bouche. Il nous a envoyé la peste. Il a abattu nos arbres. L'humain ! Pff. Je vais vous dire une chose. On lui doit quelques absurdités tragiques, je vous l'accorde, mais, si vous voulez mon avis, ce sont nos propres faiblesses et âneries qui causeront notre perte. Plus que la peste, plus que les humains, cousins, c'est notre cruauté qui nous menace. Aussi vrai que le bec que j'ai au milieu du visage. Peut-on changer l'humain ? Non. Peut-on le corriger ? Non. Peut-on le traîner devant la Créatrice ?

Bien sûr que non. La seule chose que vous puissiez changer, c'est vous-mêmes. Amendez-vous. Rapprochez-vous de la Créatrice. Il le faut. Sinon, eh bien…

Elle a promené son regard sur ses congénères.

— … vous risquez de vous perdre, n'est-ce pas ? Et je me demande comment vous vous y prendrez pour regagner votre nid.

Sur ces mots, elle s'est retirée. Pendant qu'elle réintégrait sa branche, j'ai entendu Kuru marmonner :

— Il y a encore ici une corneille digne de ce nom.

— On accuse Kryk d'avoir mis la volée en danger, a proclamé Ur-Kwyt.

J'ai compris que, sans plus de préliminaires, nous en étions déjà au verdict.

— Sommes-nous d'accord ?

À l'exception de notre bande, la volée a répondu d'une seule voix :

— Oui.

— Qu'as-tu à déclarer pour ta défense ? a demandé Ur-Kwyt à Kryk.

— Voici. J'ai été élevé par l'humain. Je ne vois pas d'autre explication. J'ai fait ce qu'on m'a montré. Vous croyez qu'il est impossible de changer ? Je suis la preuve du contraire. Ceux que vous voyez ici m'ont aidé. Je me suis taillé une place parmi eux et ils m'ont beaucoup appris. Ils savent que je ne suis plus le même. Vous n'avez qu'à leur poser la question. Je ne suis plus la corneille que j'étais.

Ur-Kwyt a attendu que Kryk ait terminé. Puis il est monté sur la branche à côté de lui. J'ai aussitôt deviné le dénouement.

— J'ai discuté de l'affaire avec le conseil des Anciens. Le jugement de l'Urkana, a-t-il annoncé, est le bannissement.

J'ai vu Kryk grimacer.

— Aucun contact. Aucune aide. Interdiction formelle de prononcer ton nom. Pars et ne reviens pas. Que ton chemin ne croise jamais le nôtre. Quiconque te rencontre, t'aperçoit ou détecte ta présence est autorisé à te tuer.

Ur-Kwyt s'est détourné.

— Va.

Dans tous les arbres, de haut en bas, les corneilles ont tourné le dos à Kryk. Seuls les membres de notre volée ont continué de lui faire face. Il s'est accroupi, tremblant, la poitrine pantelante. Un instant, il nous a regardés dans les yeux.

— Je vous demande pardon, a-t-il murmuré.

Puis il s'est envolé.

Chapitre 27

— Dire que je te prenais pour un piètre orateur.

Kuper s'est réveillé en sursaut. Scrutant l'obscurité, il a aperçu Kym, perchée sur la branche voisine, les ailes repliées.

— Dans mes souvenirs, tu étais plutôt du genre réservé.

— Comment es-tu arrivée jusqu'ici? a demandé Kuper en jetant un coup d'œil autour de lui pour déterminer qui avait relâché sa vigilance.

— J'ai marché, a répondu Kym.

Le gros oiseau a grimacé dans l'espoir de dissiper le malaise provoqué par l'apparition de Kym.

— Tu as marché ?

— À partir de l'arbre où nous perchons, j'ai suivi les broussailles, a-t-elle expliqué.

Elle indiquait le sol.

— Tes sentinelles regardaient du mauvais côté.

Kuper a cligné des yeux.

— Je suppose qu'elles ne s'attendaient pas à voir une corneille se traîner dans la poussière. Il y a longtemps que je ne t'ai vue. J'ignorais que tu étais devenue une créature terrestre, a-t-il conclu en ricanant.

Puis il a jeté un œil sur les oiseaux postés en périphérie de l'arbre.

— Nous allons avoir une petite conversation, vous et moi.

— Maintenant que je suis là, a déclaré Kym en replaçant ses plumes maîtresses, rien ne nous empêche de bavarder un peu, n'est-ce pas ?

— Bien sûr que non. Seulement, on ne peut pas tolérer la négligence de ceux qui sont chargés de notre protection.

Il a une fois de plus foudroyé les sentinelles du regard. À contrecœur, il s'est tourné vers Kym.

— Tu n'as pas beaucoup changé depuis la dernière fois.

— Toi non plus, a répliqué Kym.

— Merci. Il paraît que tu as été détenue pas les humains, toi aussi.

— Oui.

— La nouvelle m'a beaucoup attristé. Je sais ce que c'est, a ajouté Kuper en posant sur Kym un regard approbateur. Tu as réussi à te sauver. Félicitations.

— Sans Kyp, je n'y serais pas arrivée. Tu étais au courant, non ? Il m'a retrouvée et libérée.

Kuper est demeuré muet. Dans les branches, le silence s'est épaissi.

— Je ne suis pas au fait de tout ce qui s'est passé depuis notre dernière rencontre, a enfin lancé Kym, ni des détails du différend qui t'oppose à Kyp. En réalité, je n'y comprends rien. Ne pourrait-on pas oublier tout ça ?

Kuper a lissé ses plumes pendant un moment, puis a incliné la tête.

— Tu n'as pas marché jusqu'ici sans raison, a-t-il répondu, préférant manifestement changer de sujet. Qu'est-ce que tu me veux ?

Kym s'est redressée.

— Je peux te parler franchement ?

Kuper a haussé les épaules d'un air insouciant.

— À ta guise.

— Il est clair que les choses ne se déroulent pas comme tu le voudrais. Tu avais l'intention d'intercepter Kyp avant qu'il arrive à l'Urkana. Ton plan a échoué. Dans le nord, tu as aussi cherché à nous capturer. En vain. Kyp t'a pris de vitesse. Depuis le début. Il n'est pas trop tard pour changer d'avis.

Kuper semblait fasciné par les oiseaux regroupés au-delà de l'arbre.

— Drôle de façon de s'exprimer de la part de quelqu'un qui, aujourd'hui même, a vu l'assemblée retirer sa confiance à Kyp.

— Sans parler du pauvre Kryk… a ajouté Kym sombrement. Quand je songe que tu t'es servi de sa terrible situation pour monter l'Urkana contre Kyp… C'est, je crois, l'un de tes actes les plus honteux.

— Il a aidé l'humain à tuer des corneilles, a rétorqué Kuper d'un ton glacial. Il n'a eu que ce qu'il méritait.

— Il n'y a pas beaucoup de miséricorde en toi, a-t-elle observé.

— Ce temps-là est révolu.

Ils se sont regardés du haut de leurs perchoirs respectifs.

— Et Kyp ne peut rien faire pour que…

À cette seule pensée, Kuper a semblé avoir un mauvais goût dans le bec.

— Dis-lui de partir, a-t-il déclaré. S'il déguerpit à la faveur de la nuit, sans un mot, là, maintenant, toi et les tiens pourrez vous joindre à nous et nous serons quittes.

— Il n'acceptera jamais une proposition pareille, a calmement répondu Kym. À ma connaissance, aucun membre de notre volée n'est disposé à te suivre. Autre chose ?

Kuper étudiait les ténèbres.

— Rien ? a insisté Kym. Absolument rien ? Nous avons pourtant été bons amis, nous trois, à une certaine époque.

Devant le silence obstiné de Kuper, elle a commencé à affûter son bec contre une branche.

— Bon, je m'étais promis d'essayer.

— Il nous a abandonnés, tu sais, a lancé Kuper d'une voix douce. Toi et moi. Il t'a retrouvée… uniquement par chance.

Kym lui a décoché un regard oblique.

— Tu as déjà entendu parler de Kallu ?

Kuper a secoué la tête.

— C'est une corneille qui vivait aux temps immémoriaux. Le vacarme des mésanges l'exaspérait. Seulement, il n'était pas assez rapide pour les attraper ni assez féroce pour les effrayer. Alors il a décidé de manger leur nourriture. Quand ils auront faim, a-t-il raisonné, ces oiseaux de malheur s'en iront. Il s'est aussitôt attelé à la tâche. Tout y est passé : les graines, les cônes et les écales. Pas de quoi festoyer, en vérité, mais il ne s'est pas laissé décourager. À la fin, les mésanges ont levé le camp. Ravi de ce succès, Kallu a regardé autour de lui. Nombreuses étaient les créatures qui lui déplaisaient : les bruyantes alouettes, par exemple. Pourquoi s'arrêter en si bon chemin ? s'est-il demandé. Il s'est donc attaqué aux insectes et aux scarabées. Les alouettes sont parties à leur tour. Naturellement, Kallu haïssait les hiboux plus que tout au monde. Et que mangent les hiboux ? Des corneilles. Alors Kallu a commencé à grignoter ses serres, puis ses pattes, jusqu'à ce qu'il ne reste de lui que son bec. Là, il a dit : « Ouf. J'ai enfin terminé. »

— Charmante histoire, a commenté Kuper.

— Tu en es à tes serres, Kuper. Continue, et je suis certaine que tu pourras bientôt dire, comme Kallu : « Ouf. J'ai enfin terminé. »

Ils sont demeurés silencieux pendant un moment.

— Je rentre, a annoncé Kym.

— Attends, a crié Kuper à l'instant où elle allait s'élancer.

Elle s'est immobilisée.

— C'est lui qui t'envoie?

— Non, a-t-elle répondu. Il ne sait pas que je suis ici. Personne n'est au courant.

Kuper l'a contemplée sans un mot.

— Tu as affirmé qu'il n'était pas trop tard pour changer d'avis. Ça s'applique aussi à toi. Un nouveau vent s'est levé. Si tu refuses de te laisser porter par lui, il risque de te renverser au passage.

Il a regardé Kym droit dans les yeux.

— Il est encore temps de te joindre à moi.

— Oh, Kuper, a-t-elle répondu tristement. J'ai choisi mon camp il y a longtemps. Avant même d'être capturée par les humains.

Elle a soulevé ses ailes.

— Bon vent, a-t-elle conclu simplement.

Puis, avec un geste de la tête, elle s'est élancée.

Chapitre 28

Une fois Kryk banni, l'assemblée s'est compor-
tée comme si de rien n'était. Comme s'il n'avait
jamais existé. À une exception près : nous
étions désormais suspects. Le nom de Kryk
était indissociable de celui de Kyp.

Au sein de notre volée, il nous arrivait
souvent de penser à lui. Kym et Kyf étaient
particulièrement inconsolables. Tard le soir, je
regardais la poussière tomber en me demandant où il était, comment il se débrouillait. La
tournure des événements a semblé raffermir la
conviction de Kyp, qui tenait tant à nous rame-
ner tous au bercail. Il ne disait rien, mais je l'ai
surpris à quelques reprises en train de contem-
pler la direction empruntée par Kryk.

Lorsque nous nous sommes réunis une nouvelle fois, Ur-Kwanyt ru Korlu ru Kwu, corneille de trente-cinq ans à la carrure impressionnante, a signifié son intention de s'adresser au groupe. En raison de son âge vénérable, de sa position au sein des familles du sud et du respect dont son clan jouissait, c'était, nous avait appris Kuru, l'un des personnages les plus influents de la volée. Nous avions donc été encouragés de constater qu'il n'avait pas encore pris parti, certains que ceux qui hésitaient étaient plutôt favorables à notre point de vue.

Avant d'ouvrir le bec, il a mis un long moment à s'installer.

— Le vent a des ailes puissantes, a-t-il commencé d'une voix faible, grêle. Il survole la cime des montagnes, traverse les forêts et s'enfonce dans les sillons. Quel voyageur prodigieux, cousins ! Et pour reprendre son souffle, c'est ici qu'il perche.

L'Ancien a balayé des yeux l'horizon méridional.

— Il construit son nid dans les nuages que vous apercevez là-bas. Quand il vole en force, qui peut l'arrêter ? Les herbes ploient l'échine, les arbres se fracassent, la terre gémit, se fissure et la poussière suit son nouveau maître. Aujourd'hui, le vent est parmi nous, cousins.

Il s'adresse à nous. Quand il souffle en puissance, il apporte le changement. Les pluies du printemps. Les blizzards de l'hiver. Les étrangers, les membres de l'Association, ont invoqué le vent, et je puis vous assurer que des temps nouveaux se préparent. Nous ne pouvons plus fuir. Nous ne pouvons plus nous cacher. Inutile de résister. Les corneilles de l'Association chevauchent le vent. Pour ma part, je ne m'opposerai pas à elles.

Kyp a secoué la tête. Comme nous, il comprenait que nous venions de perdre une portion significative de la volée. Même s'ils étaient d'accord avec nous, bon nombre de membres de l'Urkana n'oseraient pas contredire Ur-Kwanyt, eu égard à son âge et à son rang. Kuru, cependant, semblait sur le point d'exploser.

À peine posé sur le sol, il a commencé sa harangue.

— Si ce n'est pas le spectacle le plus… s'est-il exclamé, fulminant.

Puis, se ressaisissant, il a poursuivi d'un ton plus calme.

— Hum. Je t'ai entendu parler à la tombée de la nuit et je croyais que tu avais un peu plus de bon sens. Je croyais que tu respectais les ancêtres. Je croyais que tu t'exprimais avec la retenue, le soin et la réflexion que commandent ton âge et ton statut. Par la Créatrice, tu ne sais rien, rien du tout! Dans les propos que tu viens de tenir, il n'y a pas plus de prudence, de sollicitude, de perspicacité, de sagesse et de vision — pas plus d'intelligence, en somme — que dans une pierre. N'as-tu pas honte? Au moins un peu?

Kuru a cherché Kuper dans la foule. L'ayant repéré, il a fait un pas vers lui.

— Toi! Tu débarques ici avec tes belles paroles, tes amis, tes disciples et ton plan. Ton pauvre petit plan.

Kuru a laissé échapper un grognement amer, empreint de mépris.

— Pour qui te prends-tu? Tu es nul! Tu as la trouille, voilà tout! Tu ne peux pas bâtir ta vie autour de la peur et encore moins espérer que d'autres te suivront pour un motif pareil!

Kuru a inspiré profondément, dans l'espoir de modérer ses transports.

— Qu'importe, qu'importe, a-t-il lancé après avoir laissé l'air s'échapper de ses poumons.

Puis il a de nouveau foudroyé l'assistance du regard.

— J'ai trente-cinq ans, a-t-il proféré à voix plus haute, autant qu'Ur-Kwanyt, et je vous pose la question suivante : qui, parmi vous, est une corneille ?

Pas de réponse.

— Je vois ici de piètres spécimens d'oiseaux, de véritables mendiants convaincus d'avoir des droits. Ils se disent que la Créatrice devrait les nourrir à la becquée, comme des oisillons dans le nid.

Il a promené un regard sombre sur les arbres.

— La vie devrait être une partie de plaisir, hein ? C'est ça que vous pensez ? Répondez ! Vous voulez vous la couler douce, à l'abri de la brise ? Vous voulez qu'on vous livre la nourriture toute cuite dans le bec ? Moins de neige ? Davantage de soleil ? C'est ça, hein ? Pardon ? Qu'est-ce que j'entends ? Rien ne le garantit ? Vraiment ? Il faut sûrement en imputer la faute aux humains. La peste ? Encore les humains, bien sûr. Nous avons toujours traversé des moments difficiles, cousins ! Regardez autour de vous. Il y a la mort, la catastrophe, la peur et la fuite, jour après jour. À condition d'ouvrir grand les yeux, vous avez une chance, peut-être une chance, de rester en vie une journée de plus. Voilà la promesse de la Créatrice, la seule qu'elle nous ait jamais faite. Si vous avez survécu jusqu'à la nuit, rendez-lui grâce parce que, croyez-moi, il y a une multitude de créatures qui n'ont pas eu ce bonheur. Certaines ont probablement fini dans votre estomac !

— Tu as terminé ? a demandé Ur-Kwyt d'un ton glacial.

Les plumes hérissées, Kuru l'a foudroyé du regard.

— Moi ? Par la Créatrice dans son Nid, non, je n'ai pas fini. Tu as permis aux autres de déblatérer jusqu'à plus soif malgré les absurdités qu'ils débitaient. Ce que j'ai à dire est trop important, et je refuse de me taire ! Je compte parmi les Anciens de cette volée et j'ai plus d'âge que toi, alors laisse-moi tranquille !

Déconcerté par une telle explosion, Ur-Kwyt a reculé d'un pas. Kuru a une fois de plus inspiré profondément, puis il a replacé les plumes de sa queue avant de poursuivre.

— Le vent, le vent, toujours le vent… a-t-il repris en grimaçant. Pour ma part, j'en ai déjà trop entendu parler. Assez pour cette vie, et peut-être même pour la prochaine. Certes, le vent est important, cousins. C'est le souffle de la Créatrice. Il nous transporte et nous confère notre liberté de mouvement. Mais nous naissons dans un arbre. Le soir venu, nous y retournons pour dormir. Parmi toutes

les œuvres de la Créatrice, cousins, l'arbre nous
représente le mieux. Il est à la base de nos
traditions et de nos coutumes, il est notre
tronc et nos racines. Tu évoques le vent. Mais
te soutient-il quand tu dors, le vent? Te garde-
t-il à l'abri? Peux-tu y élever tes petits, leurs
oisillons à eux et ceux des générations à venir?

« Hélas, non, cousins, a-t-il conclu tristement. C'est impossible. Laissez-moi vous dire
une chose — et je m'adresse en particulier
aux plus âgés d'entre vous : si vous commettez
l'erreur de suivre ce poussin né de la dernière
pluie, votre vie sera aussi dénuée de nids, de
racines et d'arbres que la prairie chauve qui
s'étend devant vous. Vous le constaterez par
vous-mêmes.

« Quant à toi, s'est-il exclamé en se tournant lentement vers Kuper, tu me fais pitié.
J'en prends à témoin la Créatrice et les corneilles ici réunies. Le vent que tu vénères a des
serres et un bec, lui aussi. Mes yeux ont beau
ne plus être ce qu'ils étaient, je le vois déjà en
train de ronger ta carcasse. »

Chapitre 29

Lorsqu'il s'est posé près des autres, Kyp avait l'air épuisé. Il s'appuyait sur sa patte droite, plus longue. À sa vue, un souvenir vivace m'est revenu en mémoire. Lui, au lendemain de notre sortie du nid humain, les plumes roussies, les entrailles desséchées. J'ai songé qu'il avait eu peu de temps pour récupérer.

J'en étais venu à la conclusion que les corneilles de l'Urkana carburaient aux palabres presque autant qu'à la nourriture. Les débats enflammés du jour leur ont donné matière à ruminer. Aussi ont-elles convenu de s'octroyer une autre soirée de réflexion avant la discussion du lendemain. De retour dans le perchoir, Kyf a résumé notre point de vue à tous en demandant :

— Que pouvons-nous faire de plus ?

Kyp n'a pas levé les yeux.

— Je ne sais pas, a-t-il répondu lentement. Je suis de plus en plus convaincu que j'ai eu tort de les laisser bannir Kryk. J'aurais dû mieux le défendre.

— Non, a répondu Kuru en secouant la tête. Impossible. Ils t'auraient taillé en pièces. Tu as vu comme ils étaient bouleversés ? Ils auraient eu le dessus. Et nous ne serions pas en train de ressasser la question avec toi.

— Il a raison, a renchéri Kym. Dans les circonstances, il n'y avait pas d'autre solution. Qui sait ? Kryk est peut-être plus résistant que nous le pensons. Il a survécu à la peste et à l'humain. Il va fourrager seul pendant un moment. En route vers le nord, nous découvrirons bien un moyen de le récupérer.

— On choisit pour soi, et alors c'est facile, a tonné Kuru. Ou on le fait pour la volée. Dans ce cas, le voyage est ardu, incertain.

— On en revient à la question de savoir comment réagir maintenant, ai-je souligné.

Kyp a secoué la tête.

— Nous avons jusqu'au matin. Après avoir dormi un peu, je trouverai peut-être les mots pour convaincre les Anciens, leur expliquer, les…

Kuru l'a interrompu.

— Leur expliquer? Qu'y a-t-il d'autre à leur raconter? Tu sais ce que répétait ma grand-mère? «On peut chanter pour une pierre, mais pas l'obliger à aimer.»

Il s'est retourné.

— Tu as chanté, mon neveu. Et la pierre est demeurée de glace.

Kyp le fixait.

— Où voulez-vous en venir?

— C'est simple, a répondu Kuru en détachant les syllabes. Pendant presque toute ma misérable existence, j'ai lutté, rouspété et fainéanté. Tant et si bien que plus une volée ne voulait de moi. Jusqu'à ce que tu arrives. Peut-être la Créatrice me donne-t-elle une ultime chance de mettre de l'ordre dans mon nid.

Il a embrassé l'Urkana du regard.

— Ces vieilles corneilles ne sont pas bêtes, elles sont simplement mortes de trouille. La peste leur a flanqué une peur bleue et a embrouillé leur jugement. Elles prennent des décisions mal avisées.

Au souvenir des événements de la journée, il a secoué la tête.

— Aujourd'hui, je me suis délibérément montré grossier. Pour moi, ce n'est pas très difficile, je l'admets volontiers. Il fallait que je sorte les Anciens de leur torpeur. Je peux m'arranger pour que les délibérations traînent pendant des jours, mais je ne réussirai pas mieux que toi à infléchir la volonté de l'Urkana. Pour la persuader, tu as tenté l'impossible. Nous n'en sommes plus là. Voici: tu dois contrevenir aux règles et partir. Le plus vite possible, sinon ce soir. Attends un peu trop longtemps et tu risques de ne plus jamais en avoir l'occasion.

Kuru a ouvert le bec dans l'intention d'ajouter quelque chose, puis il l'a refermé aussitôt. Les paupières closes, il a inspiré profondément. Kyp s'est rapproché.

— Ça va, mon oncle? Vous avez l'air fatigué.

— Bah! a grogné Kuru.

Il a redressé la tête et ouvert un œil.

— Fatigué? Pff. Qu'est-ce que ça signifie? Rien du tout. Je vais leur enseigner une chose ou deux à propos de la lassitude, moi. Ils seront si crevés qu'ils regretteront d'être sortis de leur coquille. Tu crois que j'ai été vif, aujourd'hui? Tu n'as encore rien vu. Seulement, je dois me reposer un peu. J'ai un mot à dire à quelques-uns des vieux croûtons comme moi. Je voudrais qu'on oublie nos différends et qu'on ressasse quelques souvenirs pas piqués des vers.

Il nous a adressé un signe de tête.

— Bon vent, a-t-il conclu en s'élançant.

Il s'est dirigé vers le vénérable noyer adopté par certains des Anciens. Ceux-ci l'ont accueilli le plus aimablement du monde.

Cette nuit-là, le vent a failli déraciner les arbres. Sa voix sifflante et implacable m'a conduit jusqu'au bord du sommeil. Avant de m'endormir, je me suis demandé s'il essayait de me dire quelque chose.

Chapitre 30

— Viens vite ! a lancé Kyrt en se glissant sous mon perchoir.

À son ton, j'ai tout de suite compris que quelque chose clochait.

— Qu'est-ce qu'il y a ?

Découragé, je l'ai suivi.

— Que se passe-t-il encore ?

Il s'est posé au pied d'un arbre et j'ai senti mes forces m'abandonner. Là, dans l'herbe, gisait la silhouette sombre et immobile d'oncle Kuru. Il n'avait jamais été la corneille la plus soignée. Là, les plumes de travers, il paraissait bizarrement semblable à celui qu'il avait été au cours de sa longue vie miteuse.

De vieilles corneilles angoissées voletaient autour de sa dépouille. C'étaient des Anciens avec qui Kuru s'était lié d'amitié depuis son arrivée, mais qu'il avait aussi tournés en dérision.

— Que s'est-il passé ? a demandé Kyp.

Erkala et lui venaient de nous rejoindre.

— Personne n'a rien vu, a répondu l'aîné du groupe d'une voix chevrotante. À notre réveil, nous l'avons trouvé dans cet état.

Il a secoué la tête.

— C'est exact, a confirmé un autre en poussant Kuru du bout du bec pour s'assurer qu'il n'allait plus se relever. Quel choc ! Quel terrible choc !

— L'avez-vous entendu pendant la nuit ? a demandé Erkala. A-t-il parlé ?

Les Anciens ont fait signe que non.

— Il était vieux. Nous savons ce que c'est, a doucement avancé l'un d'eux.

D'un geste, les autres ont signifié leur assentiment.

— Il y a une sorte de cassure, et le corps flanche. Soudain, on se sent faible et on lâche la branche. À moins que le vent ne l'ait renversé.

— Son cœur a peut-être cessé de battre pendant qu'il dormait, a risqué quelqu'un. Il y a des précédents. Hier, il a prononcé un discours percutant. Et il avait raison ! Depuis, je n'ai pas cessé d'y penser. L'effort a peut-être précipité sa fin.

Il a posé sur Kyp un regard empreint de sympathie.

— Il appartenait à ta volée ?

Kyp a hoché la tête.

— Depuis peu.

— Je le connaissais à peine, a déclaré une femelle âgée, mais je crois que c'était une très bonne corneille.

Les autres ont opiné du bonnet et marqué leur approbation au moyen de petits bruits.

— Je l'ai connu il y a longtemps, s'est souvenu un autre. Il a brièvement fait partie de ma bande, avant de rencontrer sa compagne, puis de la perdre. Il ne se laissait pas approcher facilement, et sa façon de parler… avait de quoi vous brûler les plumes…

— Très juste, s'est empressé de confirmer un aîné. Il avait la langue bien pendue.

— Je ne pense pas avoir rencontré une corneille qui ait plus de courage et de cran.

Tandis que Kyp contemplait le cadavre, je me suis aperçu qu'il en était curieusement venu à compter sur Kuru.

— Qui va veiller sur lui avec moi ? a-t-il murmuré sans détacher les yeux de son aîné.

— Moi, bien sûr, ont simultanément répondu deux Anciens.

— Moi aussi, s'est écrié un troisième. Je crois qu'Ur-Kryn est parti demander que l'assemblée soit différée d'une journée, en signe de respect.

— Heureux de le savoir. Merci, a dit Kyp en fixant l'Ancien. Je dois informer ceux de ma volée. Nous serons bientôt de retour.

En route vers le perchoir, Erkala a fait claquer son bec, comme si elle venait de goûter un fruit trop mûr.

— *Efwyk*, a-t-elle marmonné.

— Pardon ?

— C'est un mot de mon ancienne langue. Il désigne ce qui est beau en apparence, mais pourri à l'intérieur. Tout ça, a-t-elle ajouté en tournant la tête vers Kuru et les Anciens, est *efwyk*. Penser qu'une si petite chute puisse rompre le cou épais d'un vieux aussi coriace que Kuru… Jamais un vent comme celui de la nuit dernière n'aurait pu le décrocher de la branche. Et son cœur, a-t-elle conclu en donnant un nouveau coup de bec dédaigneux, ne m'a jamais semblé particulièrement fragile.

L'idée que Kuru ne soit pas mort de cause naturelle ne m'était même pas venue à l'esprit. Soudain, un frisson m'a parcouru.

— Et alors ? a rétorqué Kyrt en se rapprochant. Tu ne crois quand même pas l'un de ces Anciens capable de s'en être pris à lui.

— Non, a répondu Erkala. Mais si quelqu'un d'autre l'avait fait, auraient-ils entendu quelque chose ? Le vent soufflait fort. Celui avec qui j'ai discuté avait du mal à saisir ce que je lui disais, et mon bec touchait presque son oreille. Sans compter que, depuis un certain temps, nous avons de la compagnie, partout où nous allons, a-t-elle ajouté.

— Que veux-tu insinuer ? ai-je demandé.

— Regarde.

Elle a agité la tête.

— Là.

J'ai jeté un coup d'œil dans la direction qu'elle avait indiquée. À une certaine distance, trois corneilles volaient d'un air insouciant en se lançant une brindille.

— Où est le problème ? a voulu savoir Kyrt.

— Lorsque nous sommes passés par ici, elles volaient à côté de nous.

Je les ai observées pendant un moment. Elles semblaient complètement absorbées par leur jeu.

— Tu les connais ?

Sans se retourner, Kyp a lancé :

— Ce sont des membres de l'Association.

Chapitre 31

— Aïe !

Plus tard, ce soir-là, j'ai été réveillé par un solide coup de bec derrière la tête.

— Chut, a murmuré Erkala. Suis-moi.

Le sixième nocturne débutait à peine. La soirée était particulièrement venteuse. La lune, que les nuages voilaient par intermittence, projetait une lumière incertaine. Nous volions en silence. Au bout d'un moment, je me suis aperçu que trois compagnons se trouvaient à côté de nous : Kym, Kyrt et Kyf. Sur un geste d'Erkala, nous nous sommes posés. Elle a regardé autour d'elle. Convaincue que nous n'étions pas observés, elle a écarté une branche du bout de l'aile. Penchée, elle s'est faufilée au milieu d'un épais fourré. Nous l'avons suivie en poussant les ramilles au passage.

De l'autre côté, il y avait un étroit ruisseau à sec, dans lequel nous nous sommes engagés. Les broussailles le recouvraient à la manière d'une aile impénétrable.

— Maintenant, a chuchoté Erkala, fonçons là-dedans, sans utiliser nos ailes.

— Là-dedans?

À travers les feuilles enchevêtrées, la lune projetait quelques traits d'une pâle lumière. Dans cette faible lueur dansante, je voyais le lit du cours d'eau s'enfoncer dans une obscurité dense et menaçante. En plein le genre d'endroit, me suis-je dit, où les scorpions se donnent rendez-vous.

— Tu ne connaîtrais pas un chemin encore plus effrayant? ai-je demandé.

— Pas d'histoires! a sifflé Erkala. Contente-toi de me suivre. En silence.

— Pourquoi?

La question me semblait raisonnable.

— Qu'y a-t-il donc là-haut? Qu'est-ce qui nous empêche de voler?

— Là-haut, a-t-elle répondu en tendant le bec, il y a un nid de hibou en construction. Quiconque nous suivra le long de ce sentier aura affaire à son propriétaire, affamé et de fort mauvaise humeur.

— Tu crois donc qu'on risque de nous suivre? s'est étonné Kyrt.

— Pas toi? a-t-elle rétorqué.

Le lit du ruisseau descendait en méandres. Les parois d'un ravin s'élevaient au fur et à mesure que nous avancions. Bientôt, la couverture végétale a été remplacée par la surface inclinée d'une pierre poncée par le vent. Il faisait noir, et des cailloux ainsi que des amoncellements de brindilles obstruaient parfois le passage. Nous progressions donc lentement. Erkala a fini par emprunter un couloir latéral qui nous a conduits à un petit creux de forme circulaire. Délaissant le lit du ruisseau, nous avons trouvé un perchoir sur le grès. Kyp nous y attendait.

— J'ai demandé à Erkala de vous guider jusqu'ici pour que nous puissions parler librement. Je ne vous apprendrai rien en affirmant que les choses se présentent plutôt mal. Kuper a tiré son épingle du jeu beaucoup mieux que nous l'avions escompté. Mieux que je l'avais imaginé, en tout cas.

Kyp s'est interrompu pour se remémorer les événements des derniers jours. Les rayons de la lune se reflétaient dans ses yeux.

— Rien ne sert de s'appesantir sur le passé. Nous devons arrêter un nouveau plan.

— Si nous restons, quel sort nous attend? a demandé Kyf.

Kyp a réfléchi un moment avant de répondre.

— Oncle Kuru — que la Créatrice le protège — avait raison. Kuper a l'appui de l'Urkana. Il n'œuvre pas seul, d'ailleurs. Après les assemblées, des membres de l'Association s'emploient à convaincre les récalcitrants. Les attaques qu'il a menées contre des humains se sont révélées très populaires. Quand sera venu le moment de choisir, l'Urkana sera divisée. Les palabres risquent de s'éterniser pendant des jours et, en fin de compte, on tranchera en faveur de Kuper. Nous devrons alors obéir et joindre les rangs de l'Association.

Erkala a grogné.

— Et si nous refusons?

— Nous avons promis de nous conformer aux règles de l'Urkana. En cas de mutinerie... L'Urkana ne nous obligera pas à nous soumettre par la force. Elle est elle-même à la veille de se dissoudre, et chacun rentrera bientôt chez soi... Mais si Kuper et les siens nous attaquent, je ne pense pas non plus qu'elle s'interposera.

— Il y a forcément une solution, a marmonné Kyrt. N'est-ce pas ce qu'a prédit Kwaku?

— Il n'était pas avare de prédictions, notre Kwaku, lui ai-je rappelé. Pour ma part, je n'ai pas encore été entouré de morts comme il l'annonçait. Et toi?

— Rien à faire, a constaté Kyf. Nous allons devoir suivre le conseil de Kuru et nous enfuir.

— D'accord, ai-je répondu. Par contre, au cas où tu ne l'aurais pas remarqué, l'Association ne nous quitte pas des yeux. Regarde les précautions que nous avons dû prendre simplement pour nous réunir en petit comité.

— Ne pourrions-nous pas nous échapper quelques-uns à la fois? a suggéré Kym.

J'ai songé aux événements de la journée.

— N'oublie pas ce qui est arrivé à Kuru, ai-je indiqué. Fuir sera difficile, risqué…

— Il n'y a pas d'issue facile, a déclaré Kyp. À quoi bon vous mentir? Si nous réussissons à filer en douce, quel destin nous attend? De longues journées de vol, l'incertitude…

— Veux-tu dire que tu abandonnes? a demandé Kyrt.

— Tu as mal compris mes paroles, a répondu Kyp. Je vous propose plutôt de me remplacer.

Personne n'a soufflé mot.

— Je comprendrais. Et je ne vous en voudrais pas.

Pour tuer le temps, Kyrt a trituré un caillou, l'a retourné en tous sens avant de le pousser du haut de la saillie.

— Je suis presque sûr que ceux de ma bande et moi n'aurions pas survécu à l'hiver si nous ne t'avions pas rencontré, a-t-il enfin déclaré. À mon avis, nous avons déjà eu droit à une vie de plus.

Il a désigné Kyp.

— Tu décides pour nous.

— Et pour moi, a lancé Kym sans hésitation.

— Pour moi aussi, a renchéri Kyf.

— Rien n'a changé, a simplement constaté Erkala. Tu es l'Élu.

J'ai songé au long vol que nous avions effectué depuis que nous nous étions rencontrés sur la rive du lac, Kyp et moi, aux nuits froides et humides que nous avions passées ensemble. Je me serais contenté de n'importe quel perchoir exposé aux quatre vents. Lui nous trouvait un nid sec et abrité. Cette fois-ci, cependant, je ne voyais pas comment il réussirait à nous tirer d'affaire, en dépit de ses indéniables talents. En levant les yeux, j'ai vu que les autres me regardaient, dans l'attente d'une réponse.

— Quand le temps est au beau fixe, il est facile de choisir. Lorsque l'orage se pointe, cousins, nous sommes tous mis à l'épreuve.

J'ai haussé les épaules.

— Je ne vois pas de raison de changer les choses.

Kyp nous a étudiés avec soin, puis il a hoché la tête.

— J'ai jugé important de vous mettre au courant des risques. Si je demeure votre Élu, je jure sur ma vie de découvrir un moyen de vous conduire à bon port.

— Tu ne peux pas prêter un serment pareil, a protesté Kym. Personne ne…

— Je le répète, a poursuivi Kyp, la voix tendue, au nom de Kwaku, de Kaf, de Kuru et de Kalum, mort dans la boue. C'est moi qui vous ai conduits ici. Je suis seul responsable. Je m'engage à vous trouver un nid sûr, une nourriture de qualité et, au printemps, un endroit où construire votre nid.

Soudain, un cri à vous fendre l'âme a déchiré la nuit. Nous nous sommes regardés.

— Qu'est-ce qui se passe? a demandé Kyf.

En vitesse, nous avons emprunté le sentier à rebours jusqu'aux broussailles. De l'autre côté, une silhouette, surprise par notre irruption soudaine, s'est détachée de l'obscurité. Elle emportait un objet dans ses serres.

— Un hibou ! s'est écriée Erkala.

Prudemment, nous nous sommes avancés jusqu'à l'endroit d'où le rapace s'était envolé. Là, nous avons découvert le corps prostré et mutilé d'une corneille.

— Kyup, ai-je annoncé.

J'avais reconnu ce qu'il restait de son visage.

— L'un des deux espions que nous avons renvoyés auprès de l'Association.

— Eh bien, a déclaré Erkala d'un ton acide en poussant la carcasse d'une patte, il ne nous embêtera plus, celui-là.

— Quelle fin horrible, tout de même ! a répliqué Kym. À la pensée que nous l'avons attiré jusqu'ici, je me sens presque coupable.

Kyp a regardé le côté par où le hibou était parti, puis la dépouille de la victime.

— Nous l'avons entraîné, et il a entraîné le hibou. Il y a peut-être une leçon à en tirer.

— Que veux-tu dire ? ai-je demandé.

— Ce n'est peut-être rien, a répondu Kyp. Mais il arrive parfois que la tentation ait le pouvoir de nous détruire.

Chapitre 32

— À une certaine époque, je m'en souviens, nous étions nombreux.

Depuis un moment déjà, Kafta ru
Kafym, aîné de la famille des Kwantu, haran-
guait l'assemblée. Quinze ou seize orateurs
l'avaient précédé. Même si personne ne l'avait
affirmé, on sentait la conclusion imminente.

— Le vent nous guidait alors. Nous le
suivions et la nourriture était toujours abondante. Les temps ont changé. Aujourd'hui,
nous picorons un sol incendié par le soleil. Nos
nids sont à la merci de la pluie et des hiboux.
La peste perche à nos côtés. Chaque année,
nous sommes moins nombreux à rentrer au
bercail. Combien, cette fois-ci, manquent à

l'appel? La moitié? Combien serons-nous l'année prochaine?

Il avait les paupières closes, la tête enfoncée dans les épaules, comme pour se remémorer un passé lointain.

— Mes os trouvent un certain réconfort au sein de l'Urkana. Ce lieu me reconnaît. De vieux amis m'y souhaitent la bienvenue. Je m'abrite dans des arbres familiers, au milieu de visages connus. Mais notre voyage s'achève. Dans ma vie, j'ai survolé des marais tapissés de roseaux, d'herbes hautes et de nénuphars, traversé des forêts où résonnait le chant des grenouilles et des grillons sous un ciel sombre, parsemé d'étoiles. Tout disparaît peu à peu. Le territoire, les vies. Que restera-t-il? Qui témoignera de notre passage? Certains prônent ceci, d'autres cela. Je ne crains rien. De quoi aurais-je peur? De la mort? Elle est sans importance. Que sommes-nous, sinon des flocons de neige, des feuilles, des fétus de paille que le moindre souffle soulève et emporte? Agissez comme bon vous semble, cousins, mais mes ailes à moi appartiennent à l'Association.

La coutume veut que l'on obtienne la permission d'un Ancien pour prendre la parole. Sans crier gare, Kyp s'est avancé au milieu de la clairière. La désapprobation était palpable.

— Je ne vous retiendrai pas longtemps, a déclaré Kyp sans préambule. D'autres ont déjà fait preuve d'une éloquence dont je suis pour ma part incapable. Je ne dirai rien des risques que nous courons en cas d'attaque des humains. C'est pourtant ce qui nous attend. Peut-on s'aventurer dans une ruche sans être piqué ? Mais bon, passons. Je veux parler des conséquences de la réussite du plan dont il est ici question. Croyez-moi, nous courons à la catastrophe. Si nous continuons de piller les humains, de manger comme eux et de les suivre pour nous nourrir, sans migrer selon nos coutumes, nous deviendrons de pâles copies de nos ennemis. Ou encore des esclaves, à l'exemple des chats et des chiens, bien que privés de la pitance et de l'abri consentis à ces créatures. Certains choisiront de voler dans cette direction. Pas moi.

« J'ai l'intention de vivre en corneille. Tant et aussi longtemps que deux de mes semblables accepteront de me suivre, nous formerons une volée. Nous migrerons, nous nicherons et nous élèverons des oisillons qui modèleront leur conduite sur celle de la Corneille suprême.

« Même si je n'étais pas persuadé qu'il s'agit d'une grossière erreur, et c'en est une, j'aimerais mieux vivre au milieu des hiboux que de me joindre à Kuper — à Urku, ainsi qu'il aime qu'on l'appelle — et à son Association. En tuant un Ancien de ma volée, il a dépossédé le monde d'une corneille qui valait mille fois plus que lui. Il a beau prétendre ne pas avoir peur, je vois clair dans son cœur et je sais qu'il est dévoré par la frayeur.

« Je n'abuserai pas davantage de votre temps. Nous ne sommes ni des rats ni des pigeons, heureux de gratter et de becqueter dans le sillage des humains. Nous avons des ailes, cousins. Nous sommes nés pour parcourir de grandes distances. Le moment est venu de tirer notre révérence. »

Sur ces mots, il s'est élancé. Tandis qu'il s'éloignait, des murmures irrités ont parcouru les arbres.

— On ne t'a pas donné la permission de te retirer ! a hurlé Kuper.

— À eux, je veux bien obéir, a rétorqué Kyp en effectuant, comme à son habitude, un virage vertigineux. À toi, jamais !

La tension, déjà à son comble, a augmenté d'un cran. Peut-être Kuper avait-il eu l'intention de laisser à l'Urkana le soin de régler le cas de Kyp. Une insulte directe, au vu et au su de tous, était toutefois plus qu'il n'en pouvait supporter. Les plumes hérissées, il a pris son envol.

Même si Kuper était presque deux fois plus gros que lui, Kyp a facilement esquivé la première attaque. Se rétablissant, Kuper a décrit une boucle et frappé de nouveau. Jamais encore je n'avais été témoin d'un mouvement aussi gracieux et aussi subtil que celui que Kyp a alors exécuté. Kuper, qui avait eu l'intention de rabattre son adversaire au sol, n'a frappé que du vent. Deux petits coups secs de la part de Kyp, et Kuper s'est mis à vaciller. Il n'était pas blessé. Seulement, la rage l'aveuglait.

Kyp, je m'en suis rendu compte, s'était montré fin stratège. Un tel manquement aux coutumes révoltait l'Urkana. Perchés dans les arbres, les Anciens criaient à Kuper d'arrêter. Chaque fois qu'il ignorait leurs rappels à l'ordre, on sentait fondre comme neige au soleil la sympathie dont avait jusque-là bénéficié l'Association.

La vérité, c'est que Kuper, en dépit de ses vaillants efforts, ne réussirait jamais à rattraper Kyp, plus rapide et plus agile que lui. Il allait plutôt se couvrir de ridicule devant tout le monde.

Il a enfin compris que la situation dégénérait. Sur son ordre, trois corneilles se sont rapidement envolées. Au lieu d'attaquer Kyp, elles l'ont empêché de s'enfuir. Kyp nous avait prévenus : il profiterait de l'assemblée pour tenter un coup d'éclat. Nous ne devions pas intervenir. Devant une injustice si flagrante, Kyrt, cependant, a bondi. Quelques corneilles de l'Association lui ont barré la route. Outrés par leur initiative, quatre compagnons de Kyrt se sont élancés à leur tour.

On criait, on volait, on se battait à qui mieux mieux. L'assemblée menaçait de sombrer dans le chaos. Kyp, lui, se lançait à gauche et à droite.

— Quelle honte ! s'écriaient les vieilles corneilles à l'intention de Kuper. C'est un scandale !

Faisant fi des directives de Kyp, je me suis moi-même jeté dans la mêlée.

Kuper a porté un autre coup violent. Habilement, Kyp l'a évité et, obliquant vers la droite, il s'est engagé sous les branches basses d'un arbre. Poursuivi sans merci, au milieu du bruit et de la confusion, il ne regardait pas devant lui. Il n'a donc pas vu l'énorme boîte humaine qui a surgi soudain.

Nous avons aperçu une tache bleu-gris. Nous avons entendu Kyp heurter la surface dure comme la pierre. Puis il y a eu le silence et une lente pluie de plumes.

Chapitre 33

Nous nous sommes regroupés dans les branches de l'arbre sous lequel Kyp était tombé. Kym et Erkala sont arrivées les premières. Bientôt, le reste de la volée les a rejointes. J'ai été surpris de constater que de nombreux autres membres de l'Urkana avaient pris place parmi nous. Au début du sixième nocturne, au moment où le soleil formait une espèce de cloque de sang au-dessus de l'horizon rouge et courroucé, j'ai commencé.

— N'oubliez pas, cousins, ai-je lancé à l'intention des corneilles réunies dans les arbres, que personne ne désire jamais s'en aller. Peu après l'avoir tirée du néant, la Créatrice est descendue sur la terre. Déjà, celle-ci était surpeuplée. La Créatrice a invité chacun à la suivre, mais personne n'avait envie de partir. Nous sommes gloutons, cousins, avides de nourriture comme de vie. Rassasiés, nous en demandons encore. Qu'a dit la Créatrice ?

La volée a répondu :

— Venez. Puisque vous avez été créés en premier, il vous appartient de partir en premier. Suivez-moi. Vous trouverez une nourriture abondante. Mon nid est sec et à l'abri du vent.

J'ai hoché la tête.

— La Créatrice elle-même commet des erreurs. En nous faisant cadeau de la vie, elle ignorait que nous nous attacherions à ce point à la terre, que nous nouerions entre nous des liens si solides. Elle a eu beau nous supplier, nous cajoler, faire miroiter des délices devant nos yeux, la Corneille suprême trouvait toujours un prétexte pour retarder notre départ. Un soir, en réunissant le vent nocturne et le bord tranchant des serres du faucon, le mouvement silencieux de l'aile du hibou et le pincement amer d'un cœur qui souffre et défaille, la Créatrice a donc accouché de son œuvre ultime. Après, elle a murmuré : « Tu es la plus rapide et la plus infatigable de mes créatures. Toi, la Mort, tu prendras de multiples formes.

Chasse les corneilles et dévore celles que tu attraperas. »

« Depuis ce jour, le serpent se glisse le long du tronc et le renard bondit dans les hautes herbes sans être remarqué. La belette, le lynx, l'aigle et le hibou nous poursuivent sans relâche. Les maladies aussi. Voyant le succès de la Mort, la Créatrice l'a lâchée sur l'ensemble des vivants, et tous ont fait sa connaissance.

« Néanmoins, ai-je poursuivi en respirant profondément, la Corneille suprême n'était jamais à court de ruses. Notre ancêtre a guidé sa volée. Devant chaque difficulté, il accouchait d'un plan. Il a appris à décrire trois cercles avant de se percher, à donner l'alerte en cas de danger et à ne dormir que d'un œil. Certaines corneilles étaient attrapées, mangées ou expédiées dans l'au-delà par la maladie, mais la Corneille suprême conduisait toujours les siens en lieu sûr. Bien que moins nombreux, les nôtres persistaient. Même si la Mort était rapide, notre ancêtre l'était davantage.

« Et puis, par un matin froid, il a entendu une créature grimper dans l'arbre avec mille précautions. Il a demandé qui c'était. Avec l'âge, il était devenu un peu sourd. Il a donc failli ne pas entendre la voix douce et posée.

"Je suis le Temps. Rien ne peut me devancer. Rien du tout." Et notre ancêtre a compris que la Mort avait enfin trouvé une forme contre laquelle lui-même était impuissant.

« Tel est le message de la Créatrice. Chacun doit répondre un jour à son invitation. Aujourd'hui, ils sont nombreux, les ennemis grands et petits, à nous chasser de notre nid. Elles sont nombreuses aussi, les puissances visibles et invisibles, à nous frapper, à nous saisir, à nous étouffer et à nous mordre. »

Pendant un moment, j'ai été terrassé par l'émotion. Tellement que je me suis demandé si j'aurais la force de poursuivre. En voyant Kym perchée près de moi, droite et digne, j'ai repris courage.

— Mais, ai-je demandé, où notre ancêtre est-il aujourd'hui ?

— Sur un autre perchoir, a répondu la volée.

— Qui niche à côté de lui ?

— La Créatrice.

— Que trouverons-nous lorsque nous irons le rejoindre ?

— Un bon vent.

— Exactement, cousins. Un bon vent. Puis une nourriture abondante et l'eau la plus fraîche pour étancher notre soif. La brise nous emportera jusqu'au nid le plus douillet et le plus sûr. Qui, en cette soirée, est monté auprès de la Créatrice ?

— Kyp ru Kurea ru Kinaar, a-t-on murmuré partout autour de moi.

— Exactement. Aujourd'hui, notre Élu a été choisi à son tour. Kyp ru Kurea ru Kinaar trône à côté de la Créatrice.

Chapitre 34

Il n'y a pas de mots pour décrire ce que je ressentais.

Chacun est responsable de son propre vol. Dès l'instant où nous accédons à la vie, de ce côté-ci de la coquille, nous décidons quand et où nicher. Certains êtres nous enrichissent. Ils nous apportent de la lumière, de la clarté, donnent un sens à notre existence. Lorsqu'ils disparaissent, on dirait que le jour s'assombrit. Qui nous avait conduits jusqu'ici? Qui nous avait protégés? Qui avait trouvé mille issues à autant de périls? Qui m'avait distrait et soutenu, malgré mes caprices? Qui m'avait accueilli à la suite du bannissement?

Je sais qu'une volée est plus que la somme de ses parties, mais on ne saurait sous-estimer la valeur de chacune. Confronté à la perte de mon ami, je sentais mon cœur sur le point d'exploser. Je n'étais pas sûr d'avoir la force de continuer.

Je suis retourné à l'endroit où son enveloppe corporelle avait été détruite. Déjà, des créatures terrestres avaient commencé à s'en repaître. Des plumes, cependant, flottaient le long du sentier humain et parmi les hautes herbes qui le bordaient. Soulevant une penne, j'ai éprouvé dans ma chair l'absence de la corneille qui la portait. À ce moment précis, le poids de cette seule plume était presque insoutenable.

J'ai secoué la tête pour me débarrasser du brillant que je portais autour du cou. Il est tombé sur le sol, où il a roulé dans la poussière. À quoi servait-il, à présent ? J'ai fermé les yeux, et le vent m'a lavé.

Bien sûr, le plan de Kyp avait fonctionné. En pleine disgrâce, Kuper et l'Association étaient désormais isolés de l'Urkana. On avait suspendu les délibérations jusqu'à nouvel ordre. Un grand nombre de corneilles avaient pour tâche de prévenir les incidents en formant un écran entre l'Association et nous.

Perchée seule sur une branche, Kym semblait paralysée. À quelques reprises, Kyf avait tenté d'organiser la volée, mais, distraite, elle avait oublié ce qu'elle faisait. Kyrt et les siens se serraient dans un arbre, silencieux et immobiles.

Je me suis demandé comment, dans les circonstances, aurait réagi Kyp. J'ai vite compris. Sans tapage, il aurait mobilisé les autres. Il les aurait encouragés. Il aurait échafaudé un plan et un deuxième, en cas d'échec du premier. Il aurait cherché de la nourriture, un nid douillet et sûr. Il n'aurait pas laissé la volée partir à la dérive.

Seul, j'en étais incapable, mais à la pensée de ce que Kyp aurait fait, j'ai retrouvé mes moyens.

Je me suis approché de Kym pour savoir si elle accepterait d'être notre Élue. Elle a paru surprise. Sans raison, à mon avis. Les anciens prisonniers ne suivraient qu'elle. Le reste de la volée l'estimait beaucoup. Personne d'autre n'avait les ailes assez longues pour nous soulever et nous soutenir. Elle a signifié son accord, et je lui ai proposé mon aide. Nous avons commencé à réunir les nôtres. Puis Kym a lancé l'appel, et nous nous sommes regroupés dans un arbre.

Erkala s'est approchée de l'assemblée et a demandé la permission de s'en aller. D'autres l'ont rapidement imitée. Je l'ai accompagnée brièvement dans l'espoir qu'elle changerait d'avis. Ne devrait-elle pas demeurer parmi nous pendant un moment pour faire son deuil ?

— Le chagrin suivra son chemin.

Encore une de ces réponses énigmatiques dont elle avait le secret. Et elle est partie. J'étais amèrement déçu et blessé, mais pas surpris. Après tout, seul Kyp, avec sa force de caractère, nous avaient unis.

En voyant Erkala s'éloigner, j'ai regretté de l'avoir laissée filer si facilement. Kuper avait beau ne plus avoir la faveur de l'Urkana, il trouverait peut-être le moyen de l'attaquer. Après avoir hésité, je me suis lancé à ses trousses.

Elle avait pris une avance considérable. Je ne l'aurais peut-être pas rattrapée si, sans raison apparente, elle n'avait pas décidé de rebrousser chemin. Je l'ai vue disparaître dans un défilé, avec les jeunes qui l'accompagnaient.

Je me suis arrêté un peu. Mieux que quiconque, elle était consciente de courir des risques en s'attardant dans les parages. Qu'y avait-il donc au fond de ce ravin pour qu'elle accepte de s'exposer ainsi ?

Profitant du vent, j'ai bifurqué vers la gauche et je m'y suis enfoncé à mon tour.

Entre les hautes parois rocheuses, j'ai vu l'ombre d'une queue de corneille disparaître dans un tournant. Je me suis dirigé de ce côté. Au même instant, j'ai senti un poids atterrir lourdement sur moi. Incapable de le soutenir, j'ai dégringolé jusqu'à terre, où je me suis retrouvé le bec planté dans le sol.

— Sacré nom d'un nid miteux ! ai-je juré en m'efforçant de me dégager. Lâchez-moi ! Qu'est-ce que c'est que ces manières ?

— Kata ? a lancé une voix étonnée.

La corneille m'a libéré. Remis sur pattes, j'ai vu Erkala debout devant moi, les plumes hérissées.

— Pourquoi nous suivais-tu ? a-t-elle demandé.

— Faut-il donc que tu poses la question ? ai-je répondu, fulminant. N'avons-nous pas été poursuivis à toutes les étapes de notre voyage ? Ne nous a-t-on pas tendu quantité d'embuscades ? Je m'inquiétais pour toi. Je cherchais seulement à m'assurer qu'aucun des sbires de Kuper ne…

Là, j'ai vu, perché dans un buisson épineux au fond du défilé, un visage familier.

— Kyp !

— Chut, a sifflé Erkala.

Ignorant ses protestations, j'ai foncé vers la branche où il était perché. J'avais les yeux exorbités. J'ai ouvert et refermé le bec à quelques reprises avant de trouver les mots.

— C'est toi?

— Oui.

— Comment est-ce possible? J'ai vu ton corps…

— C'était celui de Kyup, la corneille qui, la veille, nous avait espionnés. Je l'avais caché au préalable. Erkala l'a laissé tomber devant la boîte humaine. Quant à moi, j'ai glissé sous elle et je me suis tapi au creux d'un arbre jusqu'à la nuit.

— Son corps?

En pensée, je suis revenu à notre rencontre secrète.

— Mais oui, bien sûr.

J'ai jeté un coup d'œil du côté d'Erkala.

— Je comprends maintenant pourquoi Erkala et les autres ont demandé la permission de partir. Ils venaient te rejoindre. Quelle idée dangereuse! Tu aurais pu mourir cent fois, te faire écrabouiller par la boîte mobile, être découvert par Kuper ou un des autres. Pourquoi ne m'as-tu rien dit?

— Je ne pouvais pas, Kata. Il fallait qu'on me croie mort. Pas seulement Kuper, mais aussi l'Association et l'Urkana. Sinon, je n'aurais jamais pu partir. Tu es d'une telle honnêteté qu'on lit toujours sans mal tes émotions.

Kyp s'est approché.

— Je vous ai laissé le plus dur, à Kyrt et à toi : convaincre les autres que j'étais passé de vie à trépas. Je suis désolé.

— J'espère bien ! ai-je répliqué sèchement. Ainsi donc, tu n'as pas confiance en moi ? Qui t'accompagne depuis le début ? Qui ne t'a jamais abandonné ? Qui ?

J'ai serré le bec dans l'espoir de me calmer.

— Je ne sais plus où j'en suis. Est-ce la colère, la frustration ou…

Je n'ai rien pu ajouter. Secouant la tête, j'ai de nouveau contemplé Kyp en clignant des yeux.

— Par le Nid du Nid ! Je suis content de te revoir, ai-je enfin marmonné.

Puis j'ai inspiré profondément et tenté de mettre de l'ordre dans mes idées.

— Et maintenant ?

— Nous tirons notre révérence. Certains s'en iront demain. Si vous vous retirez en petits groupes, l'Urkana ne se doutera de rien. On croira que c'est le chagrin qui vous anime. Kym, j'en ai peur, partira la dernière. Il faut qu'elle s'assure que tout se déroule comme prévu.

— Et moi?

— Reste avec elle. Aide-la. Après-demain, vous devriez être en mesure de nous suivre. Regagne l'Urkana. Et, surtout, essaie de ne pas avoir l'air aussi béat.

Plus facile à dire qu'à faire. L'heureuse tournure des événements m'avait pris totalement par surprise, au point où j'ai dû évoquer quelques souvenirs plutôt tristes pour pouvoir passer de l'exultation au simple bonheur.

Je m'apprêtais à m'envoler lorsque Erkala s'est posée près de moi.

— Tu t'inquiétais donc pour moi? a-t-elle demandé sur un ton badin.

— Pff, oublie ça, ai-je répliqué en la gratifiant d'un mouvement brusque de l'aile. Ne va surtout pas t'imaginer que j'ai oublié ou que je te pardonne. Toi, au moins, tu aurais pu me mettre dans la confidence. Ne serait-ce qu'à mots couverts. Franchement, je ne suis même pas certain d'avoir envie de t'adresser la parole.

— J'ai pensé que tu serais vexé, a-t-elle répondu. Je t'ai donc apporté un petit cadeau. Là, dans le buisson.

Elle s'est éloignée.

J'ai jeté un coup d'œil. Sur la troisième branche à partir du bas était accroché un anneau chatoyant : le brillant que j'avais abandonné dans la poussière.

Chapitre 35

Des coups de tonnerre étouffés et traînants faisaient frissonner la branche sur laquelle Kyp était juché. La veille, toute la journée, la pluie avait menacé de tomber, et il était presque soulagé de sentir le vent se lever, le déluge se préparer. Il s'est gratté, puis, d'un air absent, s'est mis à happer les mouches minuscules qui voletaient autour de lui.

Soudain, il y a eu une commotion à l'autre bout du canyon. Kyp a incliné la tête. À cause des parois qui répercutaient les échos, il n'aurait su dire d'où venait le bruit ni qui l'avait produit.

Nouvelle commotion. Toujours incertain, Kyp a décidé d'aller voir. Après avoir suivi les méandres du ravin, il est arrivé à la falaise où le ruisseau, s'il n'avait pas été à sec, aurait dégringolé dans la plaine. Sur le rebord de pierre poussiéreux d'où l'eau serait normalement tombée en cascade, Kyp s'est posé dans l'ombre et a attendu.

Au-dessus de la vallée, de lourds nuages s'amoncelaient. À l'horizon, du côté sud, des éclairs scintillaient faiblement, suivis, quelques instants plus tard, de roulements de tonnerre. Kyp reniflait l'odeur piquante de la pluie. Au milieu des buissons denses qui bordaient la rivière, il a bientôt détecté un mouvement.

En silence, par petits bonds, il a suivi la crête jusqu'à cette hauteur.

Ils étaient là, accroupis dans l'herbe. Quatre humains. Et, sous des arbustes situés un peu plus loin, encore un mouvement. Trois autres.

Le tonnerre se rapprochait. Tour à tour, Kyp observait les nuages bas et les humains. Ils lui donnaient l'impression de se cacher. Au milieu des branches, il devinait qu'ils tenaient dans leurs pattes des objets sombres et brillants, semblables à des engins de mort. Kyp s'est approché le plus possible, tête penchée. Pendant un bref instant, il a regretté l'absence de Kym. Après tout le temps qu'elle avait passé à les observer, elle aurait peut-être découvert le sens de leur comportement incompréhensible. Que fabriquaient-ils répartis en deux groupes ? Pourquoi ici ?

Un détail lui a alors sauté aux yeux. Dans les branches, plus loin dans la vallée, des sortes de lianes se balançaient. Pour mieux voir, Kyp s'est hissé sur un rocher.

Seule une araignée de la taille d'une corneille aurait pu tisser une toile comme celle-là. D'arbre en arbre s'étendaient les entrelacs de la gaze la plus fine qui soit. Kyp a examiné le bosquet. Des filets ondulaient un peu partout sous l'effet de la brise.

Il s'est de nouveau tourné vers les humains. Étaient-ils responsables de ces machins ? Les avaient-ils eux-mêmes fabriqués ? Est-ce pour cette raison qu'ils étaient là, tapis au milieu de la végétation ? De toute évidence, ils attendaient quelque chose. Immobiles, ils échangeaient entre eux des grognements étouffés. Kyp a senti l'angoisse monter en lui. Il a balayé les environs des yeux, décidé à découvrir la cause de son malaise. À la vue des arbres, il a compris. C'étaient les nichoirs de repli. En cas de pépin, l'Urkana viendrait se réfugier ici.

Puis il a aperçu un des humains s'emparer d'un engin de mort, faire glisser ses pattes dessus. Le déclic froid et métallique a résonné de nouveau. Soudain, Kyp a saisi. L'instant d'après, il avait pris son envol.

Chapitre 36

Lorsque Kyp m'a rattrapé, je volais déjà de toutes mes forces depuis un moment et j'étais haletant.

En me voyant, il a compris que la situation avait viré au cauchemar. Il a pivoté, s'est rangé à côté de moi et m'a demandé ce qui n'allait pas. Je lui ai fait part de l'ampleur du désastre. Les humains avaient surgi au milieu du nid à bord de trois boîtes mobiles. L'une d'entre elles avait foncé sur deux des plus imposants perchoirs de l'Urkana. Après avoir abattu les arbres, elle les avait carrément piétinés. À l'approche des éclaireurs, les humains étaient sortis des boîtes en brandissant des engins de mort. Les explosions avaient commencé tout de suite après. Nous venions à peine de trouver refuge dans les airs lorsque les corneilles les plus proches des humains se sont mises à tomber.

— Combien ? a-t-il crié.

J'avais du mal à respirer.

— Beaucoup, ai-je répondu. Beaucoup.

Si Kuper et les siens n'avaient pas réagi aussitôt, le bilan aurait été encore plus lourd. Au lieu de fuir, selon la coutume, ils ont attaqué. Difficile de dire combien ont péri dans l'assaut initial — des milliers, peut-être —, mais ceux qui s'en sont tirés ont porté à l'ennemi des coups terribles. Effrayés, les humains s'étaient abrités dans leurs boîtes.

— Et les nôtres ?

— Je n'ai pas le compte exact. La plupart avaient déjà filé. En petits groupes, comme prévu. Kym et quelques autres étaient encore sur place. Ils ont quitté les lieux en compagnie du reste de l'Urkana.

— Où sont-ils ?

— Avec la volée, ai-je répondu. Ils ont mis le cap sur le sud. Ils reviendront ensuite vers les nichoirs de repli.

Kyp a brusquement changé de direction.

— Par ici ! s'est-il écrié. En évitant de longer la rivière, nous arriverons peut-être avant eux !

C'est alors qu'il a commencé à pleuvoir.

Chapitre 37

Certains pensent que les démons n'existent que dans les cauchemars. Je ne suis plus du nombre. Ils sont beaucoup plus près qu'on ne le croit — à quelques battements d'ailes à peine.

Les nôtres se dispersaient sous la pluie, blessés et terrifiés, mais confiants d'avoir échappé au danger. Ils s'approchaient des perchoirs de repli, où ils espéraient trouver la sécurité. Comment auraient-ils pu se douter de ce qui les attendait ?

Les premiers se sont heurtés aux filets tendus entre les branches. Arrêtés en plein vol, cueillis dans les airs, empêtrés dans les fils minces mais résistants, ils ont appelé à l'aide.

Au moment où leurs cris retentissaient et où des corneilles s'approchaient pour vérifier, des explosions ont résonné dans toute la vallée. Des éclairs aveuglants jaillissaient du couvert des saules et des roseaux. Les branches des arbres volaient en éclats, tournaient en l'air. Des corneilles étaient frappées dès qu'elles rebroussaient chemin. Au milieu des déflagrations, on entendait des cris de douleur et de terreur.

— Inutile de voler ! a hurlé Kuper, le bec parsemé d'écume. Descendez !

Au lieu de gagner de l'altitude et de s'enfuir, il a replié ses ailes et foncé sur les humains. D'autres l'ont aussitôt suivi. Le tonnerre grondait, les engins de mort pétaradaient. De vingt à trente corneilles se sont écroulées. Leurs remplaçantes ont été accueillies par de nouvelles salves. Kuper s'est posé sur la tête d'un humain, qui a tenté de le chasser d'un geste. Une corneille a pris position sur la patte de l'ennemi ; au même instant, d'un coup de bec, Kuper lui a lacéré le visage, juste sous l'œil. L'humain a laissé tomber son engin de mort en rugissant.

Kyp et moi sommes arrivés au milieu de ce chaos — désespérés, incapables de retrouver les nôtres, réticents à l'idée de partir sans eux, affolés par les cris de terreur des cousins emprisonnés dans les filets. Dans le vacarme assourdissant des explosions, nous ne pouvions pas nous faire comprendre. Comment, dans ces conditions, arrêter un plan ? Renonçant à tout espoir, nous avons imité les autres et attaqué les humains. Kyp s'est trouvé face à un gros individu à l'instant même où celui-ci soulevait son engin de mort. Près de lui, trois malheureuses corneilles ont été déchiquetées. Piquant du nez dans la fumée, j'ai atterri sur la tête de l'humain ; Kyp, sur l'engin de mort, s'est avancé jusqu'à ses pattes.

J'ignore comment nous nous en sommes tirés. Au milieu de la cohue et du chaos, aucun de nous, je crois, n'espérait s'en sortir. Pendant le combat, la pluie, déjà d'une violence inouïe, s'est transformée en grêle. De la taille de cailloux, les grêlons arrachaient des feuilles d'arbres, rebondissaient par terre, se fracassaient contre des rochers. Les humains ont ajouté leurs cris aux nôtres. Nous nous sommes mis en quête d'un abri. Eux croisaient leurs membres audessus de leur tête pour se protéger à la fois de nous et des éléments.

Des éclairs déchiraient le ciel en zigzaguant. Le déluge s'est calmé, comme pour reprendre son souffle, puis les grêlons ont recommencé de plus belle. Maintenant de la taille d'une noix, ils éclataient au contact de la terre, où ils creusaient des cratères. En lambeaux, les filets tendus entre les branches tombaient, battaient au vent.

Aplatis contre la paroi de la falaise qui parcourait la vallée, Kyp et moi avons trouvé refuge sous un surplomb rocheux. En bas, des branches jonchaient le sol boueux, à côté des débris abandonnés par les humains et des dépouilles éparpillées et meurtries de corneilles. Gelés, trempés et lacérés, nous avalions l'air, haletants.

Soudain, la grêle s'est arrêtée, mais le vent et la pluie ont redoublé d'intensité. Au milieu des gouttes d'eau balayées presque à l'horizontale par de furieuses bourrasques, on ne voyait pas à trois pas devant soi.

— Maintenant ! a hurlé Kyp.

J'ai secoué la tête, incertain d'avoir bien compris.

— Maintenant ! a-t-il répété. Rassemble les autres. C'est le moment. Récupère tous ceux que tu pourras, je ferai de même. Volons. Vers le nord. Fuyons une bonne fois pour toutes les humains, l'Association et cette folie. Rejoins-moi plus loin, près des falaises qui bordent la rivière.

Malgré l'épuisement, j'ai constaté que Kyp avait raison. Si nous partions immédiatement, personne ne s'en rendrait compte et nul ne pourrait nous suivre. J'ai pris la direction du sud.

Kyp s'est élancé vers le nord. La pluie le trempait jusqu'aux os, l'alourdissait. Soudain, au milieu des hurlements du vent et du fracas de la pluie mêlée de grêle, il a entendu un nouveau bruit. Il est descendu voir de quoi il s'agissait. La tête haute, il a effectué un virage pour se rapprocher de la falaise. Au bout de quelques battements d'ailes, il était certain. Kym.

Obliquant vers la droite, il s'est engagé entre deux arbres. Alors qu'il se tournait pour se faufiler dans l'étroit passage, il a été arrêté en plein vol. Des ondes de douleur lui parcouraient les épaules et le cou. Son corps était pressé et comprimé de toutes parts, ses ailes serrées contre lui. Il avait foncé droit dans un filet.

Chapitre 38

De peine et de misère, je me suis dirigé vers le sud, de l'eau plein les yeux, en appelant mes compagnons. Je ne pouvais qu'espérer qu'ils m'entendraient, malgré le tumulte.

La pluie s'est une fois de plus transformée en grêle, et je me suis vite mis à l'abri. J'ai alors entendu des voix familières. Au fond de la vallée, dans des buissons bas et touffus, non loin de la rivière aux eaux en crue, j'ai aperçu Kym, Kyf, Kyrt et Kymnyt. Cette dernière était passablement débraillée.

— Tu as trouvé les autres ? a crié Kym quand je me suis posé près d'eux.

— Kyp rassemble le reste de la volée, ai-je répondu. Nous devons nous regrouper et partir.

— Je veux bien, a répliqué Kyf, mais il faudra d'abord que nous survivions… à ça.

Les grêlons s'abattaient sur nous plus violemment encore. Une silhouette sombre s'est laissée choir près de nous. Les branches ont ployé sous la force de l'impact. Erkala.

— Tu t'en es tirée ! me suis-je écrié.

La dernière fois que je l'avais entrevue, elle était au milieu des humains et de leurs engins de mort. Contrairement à son habitude, elle avait les plumes en bataille. Près de son épaule gauche, on distinguait une plaque aux bords inégaux, où la chair était presque à vif.

Elle a fait signe que oui, la mine sombre, avant de glisser la tête sous une aile pour la sécher un peu.

— On ne peut pas en dire autant pour l'Association. Quel gaspillage ! Le pied de la falaise est jonché de cadavres.

Elle a reculé d'un pas au moment où un grêlon particulièrement volumineux traversait les branches.

— Je suis heureuse de vous avoir retrouvés, mais ces arbustes ne sont pas suffisants pour nous couvrir. Il nous faut un abri plus sûr.

— Où ? a demandé Kyf en balayant les environs du regard.

— Là-bas ! s'est exclamée Kym.

Sous la pluie torrentielle, Kyf plissait les yeux.

— Quoi donc ?

Kym gesticulait.

— Nous pourrions nous glisser là-dessous.

Au bord de la rivière, les humains avaient abandonné une de leurs boîtes mobiles, longue et rectangulaire. La grêle ricochait sur la surface rouge sang. Il n'y avait personne en vue.

— C'est aux humains, ça, a protesté Kymnyt, la queue agitée de soubresauts. Nous allons nous faire prendre.

— Nous n'allons pas nous attarder. La grêle ne durera pas éternellement, a répondu Kym en levant les yeux. Nous partirons ensuite.

Au-dessus de nos têtes, des branches ont volé en éclats. Y voyant un signal, nous nous sommes élancés.

Au bout de quelques secondes, nous étions déjà passablement amochés.

— Sous la boîte, vite ! a ordonné Kym.

Là, cependant, j'ai découvert un torrent de boue, d'eau et de glace.

— Impossible ! ai-je annoncé aux autres en revenant vers eux. Il faut entrer !

— Où ça ? a crié Kyf en tressaillant sous l'effet des boulettes de glace.

— Là-dedans, ai-je précisé en soulevant le bec. Les humains ont laissé une ouverture de l'autre côté.

Kymnyt a secoué la tête.

— Jamais de la vie, a-t-elle marmonné avant de proférer un flot ininterrompu de mots étrangers.

— Quoi ? ai-je demandé.

— C'est trop dangereux, a-t-elle hurlé. Beaucoup trop dangereux.

Un gros grêlon m'a violemment heurté l'épaule. J'ai roulé des yeux.

— Et ça ? C'est agréable, peut-être ?

Soudain, Kym, touchée à l'aile droite, a grimacé. Au même moment, Kyrt, atteint au milieu du dos, s'est effondré sans bruit. Il gisait sur le flanc, au milieu de la vase et de l'eau ruisselante.

— Kyrt ! ai-je crié en le secouant. Debout !

Pas de réponse. À côté de lui, Kyf s'est mise à le houspiller :

— Allons, lève-toi. Tout de suite. Un petit effort, je te prie. Je t'interdis de mourir. Grouille-toi !

Par miracle, les yeux de Kyrt, après quelques hésitations, se sont ouverts.

— Bon, bon, a-t-il balbutié. Pas la peine de crier.

Il s'est relevé tant bien que mal et j'ai bondi dans la boîte humaine. Les autres m'ont suivi. À l'intérieur, Kyrt s'est affalé sur la surface sèche, pantelant.

— J'ai du mal à respirer.

— Ne bouge pas. Repose-toi, lui a enjoint Erkala en regardant autour d'elle.

Dehors, l'air lui-même semblait virer au blanc sous l'effet de la grêle. Les grêlons qui n'étaient pas emportés par les rigoles et les ruisseaux s'amoncelaient, jusqu'à la hauteur de deux ou trois corneilles. Soudain, une violente bourrasque a secoué la boîte mobile. Nous avons perdu l'équilibre. De l'eau et de la neige fondante nous ont enveloppés. La plaque de pierre qui n'avait fermé la boîte qu'à moitié a grincé, puis vibré, avant de s'avancer brusquement vers nous. Puis elle a claqué, nous bloquant le passage.

Hébétés, nous avons écouté la tempête qui faisait rage.

— Faut-il comprendre, a dit Kyf sur un ton hésitant, que nous ne pourrons pas sortir?

— Il y a sûrement une autre issue, ai-je répondu dans l'espoir de la rassurer.

Du regard, j'ai parcouru l'intérieur de la boîte.

— En général, ces machins-là ont plusieurs ouvertures.

Nous avons examiné les lieux sous toutes les coutures.

— Rien ! a crié Kyf depuis le sommet. En bas ?

— Rien non plus, ai-je constaté après avoir scruté le fond.

Puis, malgré le tapage, j'ai discerné un nouveau bruit. Deux ou trois battements d'ailes, et j'étais posté au bord de la pierre transparente. Deux humains, la tête abritée sous leurs pattes, fonçaient vers la boîte.

— Ils arrivent ! ai-je lancé en me posant près de Kyrt.

Je lui ai demandé s'il pouvait se lever.

— Oui, a-t-il répondu, un peu sonné.

Il s'est dressé sur ses serres.

— Éloignez-le de l'entrée, a sifflé Erkala.

Kyf a commencé à le pousser. Nous avons tout juste eu le temps de nous cacher du côté opposé, par terre, avant que les humains entrent, suivis du vent et de la pluie. Ils ont pris place sur leurs perchoirs et ont refermé la pierre.

Ensuite, ils ont jeté quelque chose derrière eux, et l'odeur âcre et piquante de leurs engins de mort a envahi l'espace. Presque aussitôt, nous avons entendu une sorte de vrombissement, et la boîte a bondi. Avec nous dans son ventre, elle s'est mise à avancer.

Chapitre 39

Kyp se balançait dans le vent en tournant d'un côté, puis, au moment où le filet se resserrait, il se cambrait et se redressait, de l'autre. Malgré sa position vertigineuse, la tête en bas, il distinguait une corneille perchée sur une branche en dessous de lui. Kuper.

Il avait les plumes lissées par la pluie et le sang ; du côté droit de son crâne, on voyait une plaque de chair nue. Il fixait Kyp en hochant la tête.

— Je n'aurais jamais pensé que la mort te trouverait aussi facilement.

Kyp a tenté de libérer ses ailes, mais il n'a réussi qu'à s'empêtrer davantage.

— Vite ! a-t-il lancé sous la pluie. Le

temps presse ! J'ai entendu Kym crier ! Aide-moi à sortir d'ici !

— Du calme, a répondu Kuper. Elle est morte. Ils sont tous morts ou agonisants. Pendant l'attaque, je t'ai aperçu. J'avais déjà eu l'occasion d'appeler ton compagnon. C'est peut-être lui que tu as entendu.

Kyp s'est alors rendu compte qu'une autre corneille, plus petite celle-là, se tenait près du tronc.

— Kryk, a-t-il laissé tomber, la gorge soudain desséchée. Qu'est-ce que tu fabriques ici ?

— Je voulais t'attirer, a répondu Kuper à sa place.

Il s'est posté juste sous Kyp.

— J'ai cru que j'y arriverais peut-être avec l'aide de ton ami Kryk.

Il a jeté un coup d'œil à la petite corneille.

— C'était une imitation assez convaincante, non ?

— Il m'a demandé de reproduire la voix de Kym, a expliqué Kryk d'un air malheureux. Il n'a pas dit pourquoi.

Il a contemplé Kyp, qui oscillait de gauche à droite.

— Je n'étais pas au courant de ses intentions. Je suis désolé.

— Depuis quand te faut-il une raison ?

s'est écrié Kuper, la voix soudain impitoyable. J'avais besoin de toi. Tu m'as aidé. Attendais-tu donc de la nourriture en échange ?

— Non. Je pensais plutôt à ma place au sein de la volée, a lancé Kryk dans le vent.

Comme Kuper se taisait, Kryk s'est avancé.

— Tu as promis de me prendre avec toi. Je n'ai nulle part où aller.

Des rafales secouaient l'arbre. Kyp tressautait. La branche sur laquelle Kuper était posé tremblait.

— Ma volée ? Quelle volée ? Celle des corneilles calcinées, déchiquetées, démembrées ? Seules celles de ton espèce ont survécu. Et moi. Nulle part où aller… a répété Kuper.

Il s'est mis à crier, tête dressée, en fixant Kyp :

— Voilà peut-être justement le message de la Créatrice ! Nulle part où aller, en effet, sinon loin, très loin. Jusqu'au Nid de notre mère à tous. À défaut de la vie qu'on nous a promise, nous aurons au moins droit à la mort que nous avons choisie.

— Kuper, a plaidé Kyp avec insistance, aide-moi à me défaire de mes liens. Emmène les survivants avec toi. Sauvons ceux qui peuvent l'être.

Kuper a grogné.

— Il est déjà trop tard, cousin. Trop tard, trop tôt, trop insupportable. Il nous reste une seule décision à prendre : attendre que l'humain nous avale et nous digère, ou l'étouffer en nous plantant dans sa gorge.

— Kuper…

Kryk tirait sur les plumes du gros oiseau.

— Ne me touche pas ! s'est écrié celui-ci, le plumage hérissé. Hors de ma vue !

Kryk tremblait.

— Je ne peux pas partir sans toi. Les autres risquent de me tailler en pièces.

Kuper s'est penché sur lui.

— Qu'est-ce que tu veux que ça me fasse ? a-t-il sifflé.

Kryk s'est approché un peu plus.

— Tu m'as envoyé chercher. Tu m'as dit que tout s'arrangerait si…

— Tu étais prêt à n'importe quoi pour sauver tes plumes, sans le moindre égard pour les autres.

— Tu t'es servi de lui exactement comme les humains, a crié Kyp.

— Ne me compare jamais à eux ! a grogné Kuper d'un air féroce, la plaque dégarnie de son visage virant au rouge.

— Tu as promis de me trouver une place, a répété Kryk.

— C'est vrai, a confirmé Kuper, et cette place est juste ici.

Soulevant les ailes, il s'est élancé.

— Kuper ! a hurlé Kyp au moment où une bourrasque le retournait sur lui-même.

Venue du côté gauche, une branche l'a soudain immobilisé. Enfin capable de baisser les yeux, il a vu Kryk couché au milieu de la boue et de l'eau, Kuper dressé devant lui.

Luttant contre le vent déchaîné, celui-ci a pivoté lentement vers Kyp, dont il a croisé le regard.

— Et maintenant, la fin est venue. La fin de l'espoir, la fin de l'Urkana, la fin de l'Association. Et, a-t-il ajouté en soulevant de nouveau ses ailes, la tienne.

Il s'est rué sur Kyp.

La Créatrice a ses caprices. Parfois, le tourment le plus cruel devient un allié providentiel. Le vent a poussé Kyp de côté à l'instant même où Kuper s'élançait. Profitant de cette occasion unique, Kyp a étiré le cou et agrippé Kuper par sa patte droite en pleine extension. D'un coup sec, il a fait basculer la grosse corneille. Tous deux ballottaient dans le vent, arrosés par la pluie.

Le cou et les mâchoires en feu, Kyp retenait l'oiseau qui se débattait furieusement. S'il lâchait prise, son compte était bon. Il serrait donc de toutes ses forces.

Kuper jurait, se tortillait, multipliait les coups de patte. Plusieurs fois, il a égratigné Kyp. Après lui avoir asséné un brutal coup d'aile, il a plongé ses serres dans son épaule droite et accentué la pression. Kyp a senti les griffes s'enfoncer dans sa chair, déchirer le muscle jusqu'à l'os. N'y tenant plus, il a enfin ouvert le bec.

Chapitre 40

— Qu'est-ce qu'on fait maintenant ? m'a demandé Kyf à voix basse.

— Nous n'avons quand même pas parcouru tout ce chemin pour être à nouveau capturés, a affirmé Kym.

Les yeux écarquillés, Kymnyt fixait les humains, la queue agitée de soubresauts.

— Nous sommes maudits, a-t-elle marmonné. Depuis le Premier Vol. Maudits.

— Tais-toi donc. Il n'y a de malédiction que si nous échouons, a déclaré Erkala, étrangement calme. Kym ?

— Oui ?

— Tu connais les humains mieux que quiconque, a rappelé Erkala. Vois si tu peux mettre cet atout à profit. Y a-t-il ici quelque objet qui puisse nous être utile ?

Kym a rentré la tête dans les épaules, habitude qui, j'avais fini par m'en rendre compte, était signe d'une réflexion profonde.

— Kata ? a-t-elle enfin demandé.

— Quoi ? ai-je répondu tout bas.

— Te souviens-tu des boîtes mobiles que nous avons suivies ?

Elle s'est arrêtée. On aurait juré qu'une image se formait dans sa tête.

— Quoi ? s'est écriée Kymnyt.

Kyf l'a foudroyée du regard.

— Chut ! Laisse-la penser.

— Sur les côtés… a repris Kym, lentement. Oui, je les ai vus. Un petit geste…

J'ai attendu, mais elle n'a rien ajouté.

— Un geste ? ai-je répété.

— Ils touchent une chose qui en ouvre une autre…

— Quelle chose ? a lancé Kymnyt.

— Chut ! ai-je sifflé avant de me tourner vers Kym. Que veux-tu dire ?

J'essayais de dissimuler mon angoisse et ma frustration.

— Quand j'étais dans leur nid, a-t-elle expliqué patiemment, comme si rien ne pressait, tu as utilisé une sorte de crochet pour ouvrir mon panier. Tu l'as remonté et un truc s'est détaché. Je pense que c'est pareil ici. Seulement, les humains touchent ou poussent un objet avec leurs pattes.

En la fixant, je me suis remémoré le voyage que nous avions effectué dans le sillage des boîtes mobiles. J'avais alors pu observer les humains à loisir. Ils utilisaient leurs pattes et… sortaient un de leurs membres par une ouverture, en plein vent.

— Mais oui, ça me revient ! Ils poussent ou frottent un objet placé sur les côtés.

J'ai dévisagé Kym.

— Tu crois que nous pourrions y arriver avec notre bec ?

Elle a hoché la tête.

— Peut-être. Si…

— Qu'est-ce qu'elle raconte ? a demandé Kymnyt.

— Chut ! ont fait Kyf et Erkala à l'unisson. Si quoi ?

— Si cette boîte-ci fonctionne de la même façon que les autres, a répondu Kym. Rien, cependant, ne nous le garantit.

La boîte mobile a bondi et nous avons été catapultés dans les airs.

— Où est cet endroit ? a voulu savoir Erkala.

— Je n'en suis pas certaine. Je ne l'ai vu que de l'extérieur. Il faut que je m'approche. Je suis presque sûre que ça se trouve par là.

D'un geste de la tête, Kym a désigné les humains.

— Il faut détourner leur attention.

Elle m'a contourné.

— Je vais jeter un coup d'œil. Pendant ce temps, toi, distrais-les.

— Les distraire? ai-je répété. Comment, au juste?

La boîte humaine a vibré, puis elle s'est inclinée, et nous avons tous été projetés d'un côté. Se redressant, Kym s'est avancée vers les humains d'un pas résolu. Depuis notre cachette, nous l'avons vue s'arrêter brusquement et examiner la paroi de la boîte.

— Tu as découvert quelque chose? a demandé Kyf d'une voix sifflante.

— Pas encore, a répondu Kym, tout bas.

Elle s'est approchée encore un peu et a tapoté avec précaution. Rien. La tête inclinée, elle a touché autre chose.

Soudain, un des humains a tourné sa tête hirsute vers l'arrière.

— Kym? a lancé Kyf d'une voix plus forte. Il y en a un qui regarde vers nous.

L'humain a aboyé quelques mots et, à son tour, son semblable a jeté un coup d'œil par-dessus son épaule.

— Je crois que je sais ce qu'il faut faire, a chuchoté Kym d'un ton insistant. C'est le moment de les distraire.

Encore ! Une vraie obsession !

— Comment ? ai-je répété.

— La Créatrice ne m'a pas fait traverser l'océan sans raison, a déclaré Erkala en déployant ses ailes.

Elle m'a regardé droit dans les yeux et m'a dit :

— Bon vent, au cas où je ne te reverrais pas.

Puis elle s'est élancée. Les yeux exorbités, je l'ai vue foncer sur un humain.

— Par la Créatrice de la Créatrice ! ai-je gémi en la suivant.

Impossible de manœuvrer à son aise dans l'espace confiné et humide de la boîte mobile. Les acrobaties aériennes étaient donc exclues. Où que vous vous tourniez, il y avait des humains. La bataille m'a semblé interminable. Pourtant, elle n'a pas pu durer plus d'une minute ou deux. Effrayés par notre apparition soudaine, les humains se sont mis à hurler et à agiter leurs membres. Erkala était partout à la fois : sur les épaules de l'un, sur la tête échevelée de l'autre. Alors que l'un d'eux tentait de la frapper, je me suis posé sur son gros ventre pantelant et j'y ai planté le bec. C'est là que j'ai aperçu, à mes côtés, Kyf, Kyrt, à moitié inconscient, et même Kymnyt, en train de griffer et de jouer du bec à qui mieux mieux.

— Bougez ! a crié Erkala. Allez et venez !

— Où ça ? ai-je songé en esquivant un coup, aussitôt suivi d'une nouvelle tentative.

— Et les engins de mort ? a demandé Kyf. Vont-ils s'en servir ?

— Pas dans un endroit fermé comme ici ! a expliqué Erkala.

Elle a abandonné les épaules d'un des humains.

— Ils risqueraient de se blesser eux-mêmes. C'est pour cette raison que Kuper et les siens sont restés indemnes.

— À moi ! Je suis prise ! a crié Kymnyt d'une voix stridente.

J'ai vu une grosse patte charnue se refermer sur la malheureuse petite, l'écraser. On ne voyait plus d'elle que sa tête ébouriffée et sa queue qui s'agitait follement. Sans la moindre hésitation, Erkala a visé les yeux de l'agresseur. Il a poussé un cri et lâché Kymnyt. Son autre patte s'est soulevée brusquement et il a envoyé Erkala valser tête première contre la surface transparente.

Je me suis posé sur l'épaule de l'humain et, en jurant, j'ai mordu la base de son cou épais. Il a frappé, mais il a raté la cible et s'est cogné.

— Elle est vivante ? ai-je demandé à Kyf.

Elle examinait Erkala. Pas de réponse.

— Et alors ?

— Je ne sais pas.

Erkala a ouvert les yeux. Je me suis approché d'elle.

— Ça va ?

Elle a hoché la tête.

Je suis reparti à la charge. Les humains, qui n'avaient plus que Kymnyt, Kyrt et moi à affronter, sont devenus beaucoup plus efficaces. En désespoir de cause, j'ai évité un coup et me suis planté sur le nez de l'un d'eux. Dans cette position, je lui ai asséné un coup de bec entre les deux yeux.

Soudain, la boîte mobile a heurté un obstacle. Elle s'est mise à vibrer et à tressauter avant de s'arrêter brusquement. J'ai heurté la pierre transparente, queue par-dessus tête. La grosse tête poilue de l'humain s'est écrasée juste à côté.

J'ai alors senti une bouffée d'air frais.

— Eurêka ! J'ai trouvé ! s'est écriée Kym.

À côté de Kym, la portion aplatie de la boîte glissait, fondait comme neige au soleil, et le vent s'y engouffrait.

— Dehors ! a-t-elle lancé. Tout le monde dehors !

Erkala s'est faufilée par l'ouverture, imitée par Kym, Kyf, Kymnyt et Kyrt.

L'humain a lentement soulevé sa tête immense, puis ses yeux ont cligné. Ils me fixaient.

— Ça, ai-je sifflé en projetant mon bec vers l'avant, c'est pour Erkala.

Je lui ai becqueté l'oreille.

— Kata ! a crié Kym par l'ouverture.

— J'arrive ! ai-je répondu en déployant mes ailes et en m'élançant à reculons.

Chapitre 41

Kuper, après s'être laissé tomber sur le sol, s'est redressé sans perdre un instant. Pendant qu'il s'efforçait de rétablir son équilibre, il a compris que la patte que Kyp avait agrippée était blessée et ne supportait plus son poids.

Le vent hurlait, faisait tourner Kyp sur lui-même, l'entraînait dans les brindilles et les branches voisines, où il s'empêtrait encore davantage.

Kuper, au moment où il dépliait ses ailes et allait s'élancer, a eu la surprise de sa vie : on le retenait par les serres, on le clouait au sol. En se débattant, il a jeté un coup d'œil autour de lui. En dépit d'une profonde entaille à la gorge, Kryk s'était relevé.

— Tu m'avais promis une place, a-t-il répété, la respiration sifflante. C'est tout ce que je demandais.

Poussant un grognement de frustration, Kuper a foncé sur lui. Kryk, qui a esquivé l'attaque, demeurait debout, chancelant. Dans d'autres circonstances, la bataille n'aurait pas duré longtemps. Kuper, cependant, était blessé, et il ne bénéficiait plus de l'élément de surprise. Quoique mal en point, Kryk était désespéré. Il s'est battu jusqu'à la limite de ses forces. Pendant que les deux adversaires roulaient dans la boue et la grêle, Kyp a détecté un changement dans l'humeur du vent. Il a levé les yeux. Désorienté, tête en bas, il a eu du mal à comprendre le phénomène.

En haut de la vallée, les nuages se torsadaient, s'enroulaient, formaient une masse épaisse. Tandis que le ciel donnait l'impression de tourbillonner, une infime ride est apparue au centre de l'obscurité bouillonnante. Sans crier gare, une fine vrille est sortie des nuages et de la pluie. Pareille à une langue, elle a léché l'air autour d'elle. Puis, elle s'est étirée et, en tâtonnant, a amorcé une lente descente. Elle avait beau avoir l'épaisseur d'un brin d'herbe, les endroits qu'elle touchait se transformaient en un magma sombre et tournoyant de débris et de poussière. Cette mince langue a tremblé. Elle a hésité avant de renoncer à la délicatesse. L'instant d'après, elle avait l'épaisseur d'un tronc et la dureté d'une griffe. Au moment où elle lacérait le sol, la terre a hurlé.

Elle a foncé, repoussant tout sur son passage : les arbres, les buissons, les rochers. Le bruit qu'elle produisait était si fort qu'il vous obligeait à tendre l'oreille en même temps qu'il vous assourdissait. D'un mouvement brusque des muscles puissants de son cou, Kuper a achevé Kryk, qui s'est écroulé au sol. Grimaçant de douleur, le gros oiseau s'est relevé et a contemplé la colonne d'air qui venait vers lui. On l'aurait dit sous la coupe d'un enchantement. Puis, se retournant, il a dévisagé Kyp.

Tiraillé entre la soif de vengeance et le désir de sauver ses plumes, Kuper a hésité. Erreur fatale. Avec fracas, une branche s'est détachée d'un arbre voisin et s'est envolée en traînant un filet dans son sillage. Elle a frappé Kuper à mi-hauteur. Ensemble, la branche, le filet et l'oiseau ont traversé le champ avant de se fixer dans un bosquet de jeunes saules.

À la vue de la masse tourbillonnante qui fonçait rapidement sur lui, Kuper a tenté de se relever. Puis une haute vague de boue et de débris s'est détachée et l'a plongé dans le noir au moment où l'entonnoir passait sur lui, l'aspirant avec la branche, le filet et les saules dans un vortex vertigineux. L'instant d'après, il ne restait qu'un trou béant dans le sol et les vestiges de racines en lambeaux qui surgissaient du corps fauve de la terre, pareilles à des os blanchis.

Kyp a lutté contre ses liens, fléchi ses ailes et mordillé le fil le plus rapproché. L'immense silhouette noire s'avançait, s'étirait jusqu'au ciel. Le bord du tourbillon a frappé, soulevant et agitant les grêlons qui remontaient au milieu des branches. Soudain, le corps mou et inanimé de Kryk a été arraché du sol. Les plumes frissonnantes, il a plané dans l'air, tournant d'abord lentement, puis de plus en plus vite. Ses ailes, qui pendaient, se sont mises à battre de sinistre façon, comme si la petite corneille saluait Kyp une dernière fois, puis elle a été avalée à son tour par la gueule sombre, insatiable.

Enfin, le tourbillon déchaîné a heurté l'arbre de Kyp de plein fouet. Le bruit est devenu insupportable. Sans rien voir, Kyp sentait les branches supérieures se fracasser. Une pluie de brindilles et de débris s'est abattue sur lui. Ainsi ligoté, il n'arrivait même plus à bouger le cou. Sous la force écrasante du vent, le tronc était parcouru de secousses violentes. Au-dessus de Kyp, l'arbre a gémi, comme au supplice. Puis, déchiré par le mouvement impitoyable de l'air, il a explosé. Dans un craquement assourdissant, il s'est fragmenté en un millier d'éclats aux bords tranchants, aussitôt balayés et consumés. Frappé à la tête, Kyp n'entendait plus rien.

Chapitre 42

Le lendemain, nous avons parcouru le paysage ravagé à la recherche de Kyp. On voyait des morts partout. S'il en avait été capable, avons-nous compris, notre compagnon nous aurait sûrement rejoints. Nous avons donc concentré nos recherches sur les blessés. Chaque fois que nous apercevions une corneille en train de boitiller au milieu des débris, nous reprenions espoir ; chaque fois, la déception n'en était que plus vive.

Le jour tombait, à l'image de notre moral, lorsque Kyf est passée en rase-mottes au-dessus de nos têtes.

— Par ici ! a-t-elle crié.

Erkala, Kym, Kyrt et moi l'avons suivie.

Après une brève envolée au-dessus de la vallée, nous avons découvert un tronc solitaire, désolé et maculé de boue, fiché au centre d'un immense amoncellement de débris et de mottes d'argile collantes. Seules deux branches avaient survécu à la tempête. L'une, terminée par un bord échancré, s'élevait haut dans le ciel; l'autre, qui s'étirait vers l'arrière, finissait dans la poussière. L'ensemble avait la curieuse apparence d'un sombre oiseau géant tentant de s'extirper des ruines d'un territoire en lambeaux. Fermement accroché à la branche la plus basse, un filet s'enroulait sur lui-même; et de ce cocon de fils, de feuilles et de crasse émergeait une tête de corneille au bec à peine visible.

Avec mille précautions, nous avons commencé à couper les liens, à tirer dessus, sans savoir si le prisonnier était mort ou vivant. Puis il s'est mis à se trémousser, à donner des signes d'impatience, et nous avons été encouragés. Enfin, nous avons tiré une dernière fois, et tout l'écheveau est tombé par terre. Une corneille meurtrie et ensanglantée est sortie des vestiges du filet. Elle s'est levée, puis elle a secoué ses ailes couvertes de boue.

Kym s'est approchée.

— Kyp?

Il a cligné des yeux, chancelant, et l'a regardée d'un drôle d'air. Le soutenant d'une de ses ailes, elle l'a examiné à son tour.

— Ça va ?

Avant de répondre, il a cligné de nouveau.

— Oui, a-t-il croassé. Je crois.

Il plissait les yeux.

— Si seulement tu savais où je t'ai cherchée… a-t-il commencé.

— Et moi donc ! a répondu Kym. Mais nous sommes là, maintenant.

— Absolument, a-t-il admis. Ne nous séparons plus jamais.

Kym a penché la tête.

— Je veux bien, moi.

— Entendu.

En se retournant, Kyp a balayé la dévastation du regard.

— Où sont les autres ?

— La plupart des nôtres sont perchés dans les buissons, en aval de la rivière, a expliqué Erkala. L'Urkana s'est dispersée. L'Association aussi. Mais quantité de ses membres sont morts. La majorité, peut-être, vu le nombre de blessés. Nulle trace de Kuper.

— Il est mort, a déclaré Kyp en toussant. Je l'ai vu disparaître.

— Les humains ? ai-je demandé.

Kyp a secoué la tête.

— Non. Je ne suis pas sûr qu'ils en seraient venus à bout. En fin de compte, c'est le vent qui l'a emporté.

Il nous a raconté la scène dont il avait été témoin.

— Non, a commenté Kym. Ce n'était ni le vent ni les humains. L'histoire a débuté avant la formation de l'Association, peut-être même avant que nous le rencontrions.

Elle a contemplé l'arbre fracassé, déchiqueté.

— Tout est bel et bien fini, maintenant.

— Au moins, a lancé Kyrt d'un ton empreint d'amertume, le vent nous a débarrassé de ce satané Kryk miteux.

— J'ai de la peine pour lui, a murmuré Kyp. Il n'avait pas l'intention de me trahir. Sans lui, d'ailleurs, je n'aurais pas survécu. Il était égaré, d'accord, mais, à la fin, il s'est retrouvé, au moins un peu.

En pivotant, Kyp a perdu patte, puis il s'est redressé aussitôt. Je l'ai vu tourner la tête de tous côtés dans le dessein de s'orienter. Sans doute les lieux étaient-ils méconnaissables. La rivière, encombrée de billots, était sortie de son lit et inondait de vastes portions du territoire. D'immenses blocs de grès, détachés des falaises, formaient des amas chaotiques. Des arbres déracinés s'empilaient les uns sur les autres. Des décombres, des cadavres de corneilles et quelques objets ayant appartenu aux humains jonchaient les environs.

— Et maintenant? a voulu savoir Kym.

Kyp s'est penché pour boire à une flaque. Il avalait l'eau goulûment. Sa soif étanchée, il s'est relevé.

— Une chose est certaine: nous avons la permission de partir.

— Qu'est-ce que tu racontes? lui ai-je demandé.

— Je pensais à la prédiction de Kwaku. Tout est arrivé comme il l'avait annoncé. Dans les moindres détails. Peu après le soulèvement des rochers, les morts se sont mis à voler. Dès que nous aurons retrouvé les autres, nous quitterons cet endroit.

Kym et moi avons échangé un regard.

— Tu es en mesure de voler? s'est-elle informée.

Kyp a de nouveau étiré ses ailes. Grimaçant, il les a repliées aussitôt.

— Je ne sais pas.

— Pourquoi? a demandé Kym. Qu'est-ce qui ne va pas?

— Pendant la tempête, a répondu Kyp, il m'est arrivé quelque chose. Je n'y vois plus.

Planté droit devant lui, je me suis aperçu qu'il me fixait sans le savoir. J'ai alors compris la cause de son instabilité. Kyp était aveugle.

Chapitre 43

Décontenancés, nous n'avons d'abord pas su comment réagir. Puis, étant donné que Kyp ne parvenait toujours pas à distinguer le jour de la nuit, mais que ses ailes étaient à peu près intactes, nous avons improvisé un système. Nous nous sommes élevés lentement, Kyp flanqué de deux compagnons. Nous parlions sans cesse, et Kyp, utilisant nos voix pour garder le cap et son équilibre, volait au milieu de nous.

Nous avons récupéré les nôtres. Au début de la tempête, ils avaient presque tous trouvé un abri, en amont du canyon. En fin de compte, dix seulement avaient péri aux mains des humains. La Famille enfin réunie, nous nous sommes mis en route. La nouvelle de la blessure de Kyp avait rapidement parcouru la volée. Le premier jour a été difficile, car nous avions de nombreux éclopés dans nos rangs. Par contre, personne n'était pressé. Kyp — qui, en vol, n'avait jamais eu son pareil — battait l'air maladroitement. Quel spectacle affligeant ! Et pourtant, il n'a jamais demandé d'aide. Chaque jour, il nous accompagnait en silence, jusqu'à ce que ses ailes flanchent. Il se laissait alors planer vers l'arbre le plus proche. Les atterrissages présentaient des difficultés particulières. À quelques reprises, il a mal calculé son approche et a trébuché, sans jamais se plaindre. Pour la volée, c'était le signal. Quand la nuit tombait, les corneilles se pressaient autour de lui. Plus nous progressions, me semblait-il, et plus les nôtres trouvaient du réconfort auprès de lui, comme si sa survie était garante de la nôtre. Il est évident qu'il n'a jamais eu le ventre creux. Il y avait toujours des volontaires pour lui rapporter à manger.

Nous avons voyagé ainsi pendant des jours, à la vitesse des créatures terrestres, et parfois plus lentement encore. À l'heure du repos, le soir venu, nous nous efforcions de ne pas penser à ce que l'avenir réservait à Kyp, incapable de voler seul. Comment résisterait-il aux rigueurs de l'hiver suivant ? Kym et lui

tenaient des conciliabules, tentaient de déterminer quels points de repère nous croiserions
en chemin. Ensemble, ils établissaient l'itiné-
raire du lendemain.

Trois jours après avoir quitté l'Association, tandis que nous attendions que Kyp et
Kym décident de la suite de notre voyage, j'ai
demandé à Kyf comment elle avait deviné que
Kyp était ficelé à l'arbre. Au fond, on ne voyait
presque rien de lui. Après une hésitation, elle
m'a tout raconté : accablée de fatigue, au lendemain de la tempête, elle s'était brièvement
assoupie à l'abri d'une saillie rocheuse.
Pendant qu'elle dormait, son frère lui était
apparu.

— Kwaku ? me suis-je étonné.

— Non. Kaf.

J'ai cligné des yeux.

— Et qu'est-ce qu'il t'a dit ?

Elle s'est éclairci la voix.

— Des propos qu'on tient à sa sœur,
pour l'essentiel. Il m'a adressé quelques
reproches. J'avais tort de me sentir coupable
ou de blâmer Kwaku, alors qu'eux ne m'en
voulaient pas… Puis il m'a recommandé
d'être à l'affût d'un arbre en forme de corneille. Ensuite, il a disparu. Il n'a jamais été
très bavard.

Elle a penché la tête pour corriger l'alignement d'une plume.

— Comme si je pouvais rester fâchée avec ces deux-là, a-t-elle marmonné.

Puis Kyp a signalé que Kym et lui s'étaient entendus. La volée s'est soulevée et nous avons poursuivi notre route vers le nord.

Cahin-caha, d'un jalon au suivant, nous avons ainsi suivi, d'un vol hésitant, la crête des plaines… jusqu'à l'Arbre du rassemblement.

Et nous y voici, cousins. Issus des branches distinctes de nos origines diverses, des branches maîtresses et des rameaux de notre histoire collective, nous avons fini ensemble malgré la maladie, le feu et le mauvais temps, libérés de la prison des humains et des serres des hiboux. Dans sa bonté, la Créatrice m'a même permis une petite coquetterie: j'ai placé au sommet de l'arbre le brillant que je transportais depuis si longtemps.

Il y a une éternité que je l'ai dérobé à un humain, me semble-t-il. Il se balance dans le vent, en témoignage non pas de mes exploits — j'ai simplement profité de la sagesse et de la générosité de ma famille d'adoption —, mais bien des efforts des nombreuses corneilles qui, venues des quatre coins de l'œuvre de la Créatrice, se sont réunies. N'oublions pas non plus ceux qui, s'ils nous ont accompagnés, ne sont plus là pour occuper, sur ce perchoir, la place qui leur reviendrait de droit : nos frères et sœurs, Kyl, Kympt, Keflew et le taciturne Kaf, emportés par les serres d'un hibou ; Kaleb, Kutu, Kyr, Kwyk, Kylwyt, Kur, Kymur et Kwaku, consumés par les flammes ; Kena, Kyfwu, Klatwyt, Korafu, Kelemnu, Kymu, Klaskwyt, Kwat, Korlu et Krytch, dévorés par la colère des humains ; Kryk et Kuru, dont l'existence a hélas été abrégée par la méchanceté d'autres corneilles.

Mais cette offrande symbolise d'abord et avant tout notre gratitude, car nous avons de nombreux motifs de réjouissance. La majorité de notre volée a survécu à la peste et à ce long et périlleux voyage. En soi, c'est un miracle. La peste semble n'avoir que des effets mineurs sur ceux qu'elle a déjà touchés. Une bénédiction, cousins, une victoire à célébrer. Sinon, où nous réfugierions-nous aujourd'hui ? Au cours des derniers jours, il est également apparu que notre Coélu, Kyp, a recouvré la vue dans son œil gauche. S'il perçoit moins nettement le monde de l'œil droit, la vision qu'il a de nous, ses camarades et sa famille, demeure d'une précision surnaturelle, et son vol d'une suprême élégance. Et il n'a rien perdu de sa capacité à nous trouver un nid douillet et sûr, à la tombée du jour.

Le moment est venu pour bon nombre d'entre nous de construire notre nid, et Erkala et moi le ferons dès la fin du Rassemblement et du Récit. À la fin de l'été, accompagnés de nos oisillons, nous entreprendrons une fois de plus la grande migration vers le sud.

Écoutez et laissez-moi conclure cette histoire, car toute histoire a une fin… en vous racontant le début d'une autre.

On prétend que la Corneille suprême, après avoir récupéré le soleil et perdu Kaynu, sa Première Compagne, avait une ombre sur la tête, comme si l'astre du jour avait disparu de nouveau. Devant ce tableau, la Créatrice a songé : « À quoi bon être allé chercher le soleil si c'était pour broyer du noir ? » Elle a donc décidé d'offrir une nouvelle partenaire à notre ancêtre.

Parce que les créatures vivantes sont fragiles et qu'elle se sentait généreuse, elle a décidé de lui laisser le soin de choisir. Elle a ainsi créé trois corneilles femelles et les a soumises à l'appréciation de notre ancêtre.

— Je suis en bois, a déclaré la première. Durable. À l'épreuve des griffes et de la grêle.

Notre ancêtre s'est éloigné avec raideur.

— À quoi bon ? a-t-il marmonné. Le bois pourrit. Les vers y creusent des trous, les fourmis s'y enfouissent et la foudre le fracasse. À la fin, le vent renverse les arbres.

En sautillant, il s'est approché de la corneille suivante, dont le plumage noir et lustré étincelait dans la lumière.

— Je suis en pierre, a-t-elle croassé. La pluie ruisselle sur mon dos. La brise me contourne. On ne peut ni me manger, ni me piquer, ni me blesser. Je suis insensible à la douleur.

— À quoi bon ? a encore grommelé notre ancêtre. La pierre s'use et s'effrite. L'eau y creuse des sillons. Le froid la fendille. Vivement la troisième.

Plus petite que les deux autres, elle était comme nous.

— Je suis de chair et de plumes, a-t-elle dit. Je saigne. Je vieillis. Je meurs.

— Ah ! Voilà qui est mieux ! s'est écrié notre ancêtre. Tu as des sensations. Tu luttes. Tu te relèves. Grâce à tes histoires et à ton courage, tu survivras au bois, à la pierre et à toutes les créatures de la terre.

Et c'est ainsi que ces deux-là, à la fois fragiles et résistants, ont affronté les lendemains… et, malgré les vicissitudes de la vie, ont donné naissance à toutes les générations de corneilles qui leur ont succédé. Nous, cousins. Nous.

La nuit tombe. Sans bruit, les étoiles s'allument au-delà des limites de notre Arbre. Regardez-les et vous apercevrez les âmes miroitantes de nos ancêtres. Ils nous souhaitent bonne chance, nous insufflent de la force, nous nourrissent d'espoir. Des brumes des temps immémoriaux jusqu'aux confins de l'avenir, ils nous contemplent et nous souhaitent bon nid et bon vent, cousins. Et de quoi nous nourrir dans l'abondance.

Frères, sœurs, nichez bien et rêvez de même. Demain, nous partirons vers nos nids, sûrs que la prochaine génération nous suivra dans notre longue envolée, qui a commencé avant l'éclosion de nos arrière-grands-parents et se poursuivra lorsqu'il ne restera plus de nous que des histoires.

Bon vent, cousins. Demain, après-demain et à jamais.

Remerciements

Merci de tout cœur à ceux et celles qui m'accompagnent depuis le début et qui ont vu les oiseaux éclore et voler de leurs propres ailes. Les Martini, les Foggo et les Lamoureux. Les artisans de Kids Can Press, qui se sont dépensés sans compter pour tirer le meilleur parti possible du livre et de la série. Charis Wahl, géniale réviseure qui partage ma passion pour les corneilles, et Janine Cheeseman. Merci enfin à tous les lecteurs réfléchis et dévoués qui ont épluché les premières ébauches du manuscrit et formulé des commentaires utiles : les membres du groupe de lecture mère-fille, les Baxter, les Dykstra, les Lunn, les Porisky, les Strong et les Towers ; Janet Lee-Evoy ; Katie, Jason, Betty et John Poulsen ; Emily, Anna et Brian Cooley de même que Mary Ann Wilson et Nathan Kopjar.

Arbre généalogique
Les six grands clans de la famille Kinaar

La Créatrice engendre la Corneille suprême

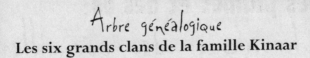

La Corneille suprême
et Kaynu la Première
*érigent le premier nid et
engendrent la première nichée
d'où sont issues
les six corneilles mâles*
Kwakayla, Kemu le Héros,
Ur-Kata, Ur-Kapa, Kran
et la Corneille suprême
ressuscitée

La Corneille suprême
et Ur-Kala la Suivante,
avec la bénédiction
de la Créatrice,
*engendrent la deuxième couvée,
d'où sont issues
les six corneilles femelles*
Ur-Kyn, Ur-Kar,
Kela, Kyn, Kymkalyk
et Kwa la Sage

De l'union des deux premières couvées
sont issues toutes les corneilles du monde
Kwakayla s'est uni à Ur-Kar
Ur-Kata s'est uni à Kela
Ur-Kapa s'est uni à Kyn
Kran s'est uni à Kymkalyk
Kemu le Héros s'est uni à Ur-Kyn
Kwa la Sage s'est unie à Kwylyt, fils d'Ur-Kata et de Kela

De l'union de Kemu le Héros et d'Ur-Kyn,
après mille générations, est issue

Klara l'Aînée qui s'est unie à Kinaar dit le Cavalier du Vent
De cette union sont issus
Kemna, Kelk, Koorda, Kurea, Kark et Kush,
homonymes des six grands clans de la famille Kinaar

Des plumes et des os:
Chroniques des corneilles

Une grande saga remplie d'émotions et de suspense !

Tome 1: La tempête

Chaque printemps, depuis des générations, la famille Kinaar migre vers le nord pour participer à la réunion annuelle des corneilles. Cette année, au cours du voyage vers l'Arbre du rassemblement, le jeune et téméraire Kyp cause accidentellement la mort d'une corneille. À la suite de cette tragédie, un tribunal le condamne à l'exil. Toutefois, quand une tempête menace la survie de son clan, Kyp décide d'enfreindre les lois. N'écoutant que son courage, il revient à l'Arbre du rassemblement et tente de mener les siens à l'abri des intempéries. Mais Kyp ne se doute pas qu'un danger encore plus grand se prépare… *La tempête*, le premier tome de la passionnante série *Chroniques des corneilles*, le début d'une grande aventure !

« Ne lutte jamais avec un aigle à la manière d'un aigle. C'est en volant et en te battant en corneille que tu l'emporteras. »

« Jamais je n'avais vu la Famille en proie à de tels dangers. Nous avons bien failli y rester jusqu'au dernier. »

Tome 2 : La peste

La communauté des Kinaar est décimée par un mystérieux virus. Déjà, des familles entières ont été fauchées. Plusieurs corneilles comme Kym, la fidèle camarade de Kyp, ont disparu, capturées par des humains. Déterminé à les retrouver, Kyp part à leur recherche. Mais une corneille seule est une proie facile. Et dans ce pays dévasté

par la maladie, le danger rôde à tout instant. Kyp aura-t-il la force d'affronter les épreuves qui l'attendent ? Pourra-t-il se libérer des griffes de Kuper, un ancien allié assoiffé de vengeance ? Dans *La peste*, deuxième tome de la captivante trilogie *Chroniques des corneilles*, Kyp devra repousser ses limites et prouver qu'il est digne d'être l'Élu.

Recyclé
Contribue à l'utilisation responsable
des ressources forestières
FSC www.fsc.org Cert no. SGS-COC-2624
© 1996 Forest Stewardship Council

Achevé d'imprimer en février 2008
sur papier 100% post-consommation,
sur les presses de l'imprimerie Gauvin,
Gatineau, Québec